AF219097

Gudrun Rogge-Wiest

Schlafwandeln

Traumerzählungen

Für meine Familie

und

für meine Freundin Gudrun

Bibliografische Information der Deutschen Nationalbibliothek:
Die Deutsche Nationalbibliothek verzeichnet diese Publikation
in der Deutschen Nationalbibliografie; detaillierte bibliografische Daten sind im Internet über dnb.dnb.de abrufbar.

© 2023 Gudrun Rogge-Wiest
Herstellung und Verlag: BoD – Books on Demand, Norderstedt

ISBN: 978-3752833959

Inhaltsverzeichnis

Januar bis April 2022

III

Vorwort

Über ein Jahr lang, von Mai 2021 bis August 2022 habe ich von meinen nächtlichen Träumen das in Worte gefasst, was beim morgendlichen Erwachen davon übrig war. Gleich nach dem Aufstehen setzte ich mich an den Schreibtisch, manchmal schrieb ich auch im Bett. Dabei kämpfte ich gegen die Auflösung zunächst noch scharf erscheinender Bilder. Während beim Versuch der verbalen Repräsentation ausgewählte Bildelemente in den Fokus kamen, verschwammen andere gleichzeitig oder verschwanden ganz. Obwohl seit dem Muttertag 2021 ein Traumfänger über meinem Bett hängt, ein Geschenk meiner älteren Tochter, musste ich mich weiter mit diesem Phänomen auseinandersetzen. Immer wieder erlebte ich, dass ein zunächst reichhaltig erscheinender Traum durch eine diffuse Erinnerung nur unvollständig festgehalten werden konnte.

In Träumen ist manchmal mehr los als im wirklichen Leben. Sie sind faszinierend, weil sie latente Zusammenhänge und Befindlichkeiten freilegen können. Beim Schreiben bemühte ich mich, Geschehnisse und Empfindungen möglichst genau zu beschreiben und darzustellen, um die Traumwelt in der Vorstellung der Lesenden zum Leben erwecken zu können. Dabei werde *ich*, das Subjekt der Traumwirklichkeit, zur nicht mit der Autorin identischen *Ich-Erzählerin*.

Nach Sigmund Freud ist ein Traum, der manifeste Trauminhalt, das Resultat von Prozessen der Verdichtung und Verschiebung und darin vergleichbar mit literarischen Texten, mit Dichtung.[1] Beim Träumen greift der Verstand nicht ein. Nicht Zusammenhängendes steht unvermittelt nebeneinander. Die Handlung kann ins Absurde kippen oder geht ins Fantastische und Übernatürliche über. Es kommt vor, dass eine Figur vermeintlich eine bestimmte Person darstellt, sich dann aber tatsächlich als eine andere erweist.

Dass das Erzähler-Ich von einem Traum zum anderen zwischen verschiedenen Lebensaltern wechselt, könnte verwirrend sein. Ich habe aber von einer Umstrukturierung abgesehen, da ich die für die chronologische Anordnung charakteristische, beliebige Aneinanderreihung von Szenen beibehalten wollte. So entstand im Lauf von über einem Jahr eine Sammlung von Kurzprosatexten mit anekdotischem Charakter.

Mir geht es ähnlich wie Freud, der sein Unbehagen davor, der Öffentlichkeit Einblick in die eigene Seele zu geben, mit den folgenden Worten zum Ausdruck brachte:

> *Man hat eine begreifliche Scheu, soviel Intimes aus seinem Seelenleben preiszugeben, weiß sich dabei auch nicht gesichert vor der Mißdeutung*

---

[1] z.B. https://literaturkritik.de/id/15167, *Anmerkung der Redaktion: Der Essay ist eine gekürzte Fassung von Joachim Pfeiffers Beitrag „Sigmund Freud (1856-1939)" in: Matias Martinez / Michael Scheffel (Hg.): Klassiker der modernen Literaturtheorie. Von Sigmund Freud bis Judith Butler. Verlag C. H. Beck, München 2010. S. 11-32.*

*der Fremden. Aber darüber muß man sich hin-
wegsetzen können.*[2]

Im Unterschied zu Freud ist es nicht mein Ziel, die
Träume zu analysieren. Natürlich erzählen sie über
meine Erfahrungen. Sie decken ein erstaunlich großes
Spektrum an Lebensbereichen ab, und gelegentlich
scheinen aktuelle Themen auf. Manchmal stammt das
Material aus viel früheren Lebensphasen. Die Ich-Erzählerin kann einmal eine Studentin, ein anderes Mal
eine junge oder eine ältere Erwachsene sein.

Die Scheu davor, die Traumerzählungen einem Le-
sepublikum zugänglich zu machen, wird weniger
durch die Inhalte an sich hervorgerufen, denn die
Träume sind ja, ähnlich wie fiktionale Texte, kein Ab-
bild der Wirklichkeit, sondern nehmen nur indirekt
Bezug auf sie. Nichts ist so geschehen, wie es in den
Träumen erscheint, die Charaktere sind nicht iden-
tisch mit den Personen und dennoch reflektieren sie
auch das, was mich geprägt hat und beschäftigt.

Mehr Kopfzerbrechen bereiteten mir die Charaktere, die Familienmitgliedern, Freund*innen und Kolleg*innen entsprechen. Die Erzählungen können
durchaus von Aspekten der tatsächlich bestehenden
Beziehungen handeln. Deshalb kann ich für sie nicht
guten Gewissens die übliche Formel *Personen und
Handlung sind frei erfunden. Ähnlichkeiten mit lebenden*

---

[2] Sigmund Freud, *Die Traumdeutung* (1900), *Sigmund Freud
Studienausgabe Bd. II,* Frankfurt am Main, 1972,125.

oder toten Personen sind rein zufällig und nicht beabsichtigt verwenden. Dennoch besteht häufig eine Distanz zu den wahren Personen. Die Charaktere kommen meist mit einzelnen Eigenschaften und Verhaltensweisen vor, nicht als Individuen. Manchmal treten sie sogar nur als Anwesende auf.

Um die Privatsphäre der vorkommenden Personen zu schützen, habe ich mich entschieden, Buchstaben zu verwenden anstatt Namen zu erfinden. So sind die Spuren hoffentlich genügend verwischt und der Bezug bleibt trotzdem gewahrt.

Liste häufig vorkommender Charaktere

A	älterer Bruder
C	jüngere Tochter
F	Freund während des Studiums
H	Ehemann
J	ältere Tochter
W	jüngerer Bruder

Mai bis August 2021

In den letzten Minuten einer Fortbildung sollen wir auf ein Din A4-Papier an der Wand in einer Ecke des großen Raums einen kurzen Kommentar oder eine Evaluation schreiben. Ich stehe vor dem Blatt und überlege. Mir ist als hätte ich gar kein Recht darauf zu urteilen. Außerdem gibt es Dinge, die die anderen Teilnehmer auf keinen Fall erfahren sollen. Was kann ich also schreiben?

Hinter mir stellen sich immer mehr Menschen an, die darauf warten, dass ich den Platz für sie frei mache. Obwohl ich mich normalerweise unter Zeitdruck schlecht konzentrieren kann, kommt mir die rettende Idee: Ich schreibe eine Frage auf. Als mir dies fehlerlos und ohne Störung gelingt, bin ich sehr erleichtert. Selbstbewusster geworden nehme ich mir noch etwas Zeit, um zu entscheiden, ob ich unterschreiben soll oder nicht. Eigentlich werden Evaluationen ja anonym abgegeben, aber ich setze nun trotzdem mein Kürzel dahinter: Rw. Jeder kennt es. Ich lese noch einmal durch, was ich geschrieben habe und finde, dass ich zu meinem Werk stehen kann.

Ich gehe neben einer ungefähr gleichaltrigen Kollegin. Wir gehören zu einer gemischten Gruppe, die auf dem Rückweg von einem Ausflug einen Zug erreichen muss, der von einem kleinen Bahnhof irgendwo auf dem Land abfährt. Es ist die Endstation einer eingleisigen Strecke. Der Zug wartet schon. Die Waggons stammen aus einer früheren Zeit. Sie sind beige und kantig mit einem gewölbten, überhängenden Blechdach. Obwohl noch zwanzig Minuten bis zur Abfahrt bleiben, drängt meine Kollegin dazu, schon einzusteigen, da der Zug nur zwei Wagen hat.

Drinnen ist es sehr eng. Ich quetsche mich auf einen Platz im Gang. Um bequemer zu sitzen, neige ich meinen Oberkörper nach vorne, komme aber mit dem Kopf gleich an die Plexiglasscheibe des gegenüber liegenden Abteils. Wie um alle Welt sollen die anderen Fahrgäste an uns vorbei und in die Abteile gelangen?

Auf einmal sitze ich in einem geräumigen Abteil am Kopfende eines Tisches in Gesellschaft mehrerer älterer Personen. Auf dem Tisch stehen zwei Kuchen in Kastenform. Der eine ist aufgeschnitten. Zwischen Schichten aus dunklem Rührteig sieht man dicke Schichten von Schokoladencreme. Sie wird mir kühlend auf der Zunge zergehen, wobei sich der bittersüß-schokoladige Kakaogeschmack allmählich über die Geschmacksknospen ausbreitet. Aber es ist noch nicht Zeit, zuzugreifen.

Inzwischen habe ich mich an eine Längsseite des Tisches gesetzt neben einen älteren Mann, mit dem ich seit kurzem zusammen bin. Er erzählt mir von seiner verstorbenen ersten Frau. Ich stelle sie mir jung und sehr schön vor. Umso mehr erschrecke ich, als er mir ein Foto zeigt, auf dem sie mit weißen, dünnen Haaren und einem verwelkten Gesicht zu sehen ist. Sie sieht kränklich und unglücklich aus.

Schnell wechselt er es gegen eines aus, auf dem ihr Gesicht jünger ist. Ihre Haare sind weiß und so dicht und lockig, dass ich mich frage, ob sie in ihrer Jugend vielleicht rot waren. Er habe seine Frau so im Gedächtnis behalten, wie sie als junge Frau war, sagt er. Sicher hat er mein Entsetzen bemerkt und möchte mich beruhigen. Doch ich empfinde auf einmal nichts mehr für ihn und beginne, mich zu fragen, warum ich mich mit ihm eingelassen habe.

Nun sitze ich wieder am Kopf des Tisches, aber der Cremekuchen ist weg, aufgegessen. Man sieht noch seinen Platz auf dem Holzbrett. Seine Form ist durch Krümel angedeutet. Der zweite Kuchen ist nur angeschnitten. Es ist aber ein trockener Kuchen, der mich nicht so anspricht. Daher fällt es mir nicht schwer, nichts von ihm zu nehmen. Wir kommen ja außerdem gleich an.

Tiefflieger   20. August

Ich bin in meinem Elternhaus in St. Georgen, gebaut 1938 von meinem Opa, und schaue aus dem Fenster über das Brigachtal in Richtung Peterzell. Es ist Sommer. Über mir erstreckt sich ein klarer blauer Himmel, wolkenlos bis zum Horizont. Auf einmal höre ich den dumpfen Knall einer Explosion, spüre ihre Druckwelle, ein Vibrieren der Wände. Das Flugzeug, das über das Haus geflogen war, erscheint nun vor dem Fenster, riesig groß und in leuchtendem Orange und sinkt noch einmal tiefer, der Rumpf, die Flügel, surreal übergroß. Gleich stürzt es in die nächste Häuserreihe in der Friedrich-Ebert-Straße, ein Ball aus Feuer und Trümmern wird alles Umgebende mitreißen und niederbrennen. Vorbei.

Aber das Flugzeug berührt die Gebäude nicht. Es fliegt zwar in geringer Höhe über das Tal weiter, so dass ich kurz erwarte, dass es im Brigachtal notlandet, aber es entfernt sich schnell, wird leiser. Stille tritt ein. Mein Haus, meine Umgebung, meine Welt sind für diesmal unversehrt geblieben.

Ein Bad im See

Ich schwimme in einem Baggersee auf das andere Ufer zu, das in erreichbarer Nähe scheint. Das Wasser ist angenehm mild. Ich spüre wie es an meinem Körper entlanggleitet, mir sanft Widerstand bietet. Dabei fühle ich mich leicht und glücklich.

Gemeinderatssitzung   25. August

Nach einigen Jahren Pause werde ich wieder in den Gemeinderat gewählt. Bei der konstituierenden Sitzung ist der große Saal voll besetzt. Aber statt der erwarteten Zeremonie wird sofort eine Abstimmung angekündigt, ohne dass wir dazu weitere Informationen erhalten. Ich frage die Kolleg*innen um mich herum, um in Erfahrung zu bringen, was genau zur Abstimmung steht, aber vergeblich. Die Situation ist mir extrem unangenehm. Schließlich habe ich das Amt mit den besten Vorsätzen, mich gründlich vorzubereiten, angenommen. So stimme ich weder dafür noch dagegen, und bei den Enthaltungen melde ich mich auch nicht, in der Hoffnung, dass niemand meine Verwirrung bemerkt.

Ein Workshop   28. August

Ich nehme an einem Workshop teil. Zu den Teilnehmer*innen gehört F. Wir haben die Aufgabe, den Vortrag eines Gedichts oder eines anderen passenden Texts vorzubereiten. Mitten in der Probe erhalte ich die Nachricht, ich sei disqualifiziert. Darüber bin ich sehr enttäuscht und niedergeschlagen. Die genannten Gründe bleiben mir unverständlich. Da sie mir auch nicht näher erklärt werden, lehne ich mich innerlich gegen die Entscheidung auf. Ich bin mir noch immer sicher, dass mein Text etwas Besonderes ist und wert vor einem Publikum rezitiert zu werden.

September bis Dezember 2021

Am Bodensee 21. September

Die etwa 10-jährige C und ich landen mit der kleinen
Fähre, die von Wallhausen am Fuß des Bodanrück
den See durchquert, im Hafen von Überlingen an. Wir
wandern entlang der Uferpromenade in Richtung
Meersburg. An ihrem Ende betreten wir einen langsam ansteigenden Pfad, der uns bis auf mittlere Höhe
führt, dann eben weitergeht, die runden Bäuche der
Weinberge entlang. Die Reben hängen voller Trau-
ben, die Beeren sind so prall gefüllt mit Saft, dass ich
nicht widerstehen kann. Ich pflücke eine ab, stecke sie
in den Mund und lasse sie zwischen Zunge und Gaumen zerplatzen. Den süßen, aromatischen Saft zu
spüren und zu schmecken erfüllt mich mit der Leich-
tigkeit und dem Glück dieses Spätsommertags, und
ich genieße den Blick voraus über den See nach Süden
in Richtung Alpen.

Dann schaue ich, einem inneren Antrieb folgend,
zurück und erschrecke. Zwischen den Hügeln im
Hinterland ragt eine gewaltige Industrieanlage auf.
Aus ihren hohen Schornsteinen steigen schwarze
Rauchwolken in den rötlichen Himmel.

Schwerkraft

Ich bin in Litzelstetten auf dem Grundstück des Hauses, in dem ich als Studentin wohnte, und genieße den

Blick zur Insel Mainau, über den See und zu den Hügeln am anderen Ufer. Ich habe meinen weißen Laborkittel an. Er ist vorne offen. Nun knöpfe ich ihn sorgfältig von unten zu.

Ich freue mich schon aufs Joggen. Meine Strecke führt durch den Laubwald auf dem Bodanrück mit seinem dichten, kühlen Gewölbe aus Blättern. Die Zeit vergeht, und ich möchte aufbrechen, aber irgendetwas Unbestimmtes hält mich auf. Eigentlich bin ich sehr motiviert, nur, warum bin ich unfähig, mich auf den Weg zu machen?

Das Getränk 4. November

In der Veranstaltungshalle der kleinen Stadt findet ein Fest statt. Der Saal ist vollgepackt mit Leuten. Ich verspreche H, ihm ein Glas fruchtigen Weißwein zu bringen und gehe zu dem langen Tisch am oberen Ende des Saals neben dem Eingang, auf dem Speisen und Getränken auf einer weißen Papierdecke bereit stehen. Hinter dem Tisch nehmen zwei Personen Bestellungen für Getränke entgegen. Als ich an der Reihe bin, schenkt man mir ein Gläschen Schnaps ein. Das Schnapsglas vor mir her balancierend schlängle ich mich durch die anderen Gäste zurück. Dabei verspüre ich eine dunkle Vorahnung. Ich habe ja das falsche Getränk mitgebracht.

In der Felswand 29. November

Wir klettern zu dritt eine senkrechte Felswand irgendwo in den Bergen hinauf. Bisher fühlte ich mich stark und wendig und insgesamt der Aufgabe gewachsen. H, der voran steigt, gibt der elf bis zwölf Jahre alten C hinter ihm Hinweise, wo sie mit ihren Händen und Füßen am besten Halt findet. Die Absätze und Vorsprünge einer von der Natur in den Felsen geschliffenen Steintreppe erleichtern uns den Aufstieg. Wir sind schon sehr weit oben, zwei bis drei Meter noch, dann haben wir es geschafft. Unter uns klafft der Abgrund, aus dem Felsnadeln aufragen. Mir graut bei der Vorstellung, dass wir abstürzen könnten. Während ich mich bemühe, sie zu verdrängen, höre ich, wie H vor einem lockeren Stein warnt, an dem man nur mit großer Geschicklichkeit vorbeikommt. Man darf keinesfalls mit vollem Gewicht auf ihn treten, damit er nicht nachgibt. Die Stabilität des umgebenden Gesteins hängt davon ab, dass er nicht herausbricht. Mir ist mulmig zumute, ich verspüre ein ängstliches Ziehen im Bauch. Als C die Stelle mit einiger Mühe unbeschadet überwindet, bin ich erleichtert, fürchte aber, dass der Stein meinem Gewicht nicht standhalten wird.

Auf Skiern   1. Dezember

Eine herbstbraune, karge Landschaft umgibt mich.
Ich stehe auf Skiern auf einer schmalen geteerten
Straße am Rand einer Hochebene. Von dort geht es
bergab, nicht steil, und ich ruckele und kratze auf
meinen Skiern voran. Vor mir, links von der Straße,
geht es steiler hinunter. Überrascht stelle ich fest, dass
auf diesem Abhang so viel Schnee liegt, dass nur an
wenigen Stellen das Gras herausschaut. Ich gleite los
und nehme Kurs auf eine auf einem Vorsprung stehende Kapelle. Sie ist cremefarben mit rötlichen Ge-
simsen aus Sandstein. Von dort sieht man die ersten
Häuser eines Dorfs unten im Tal, vertraut und doch
fremd. Ich frage mich, wo ich bin und fahre dabei weiter hinunter, weil es gerade so gut geht, gespannt auf
das, was mich erwartet.

Das Fagott   15. Dezember

Ich bin bei G zu Besuch. Ihr Wohnzimmer im Erdgeschoss ist nach oben offen mit einer umlaufenden Galerie im ersten Stock, hinter der die Schlafzimmer liegen. Ich stehe mit W auf einer Seite der Galerie. Wir
sehen, dass auf der gegenüberliegenden Seite ein Fa-
gott ohne Mundstück aufgebaut ist. W wendet allerdings ein, es sei eine Bassflöte. Wir überlegen uns, wo
das fehlende Mundstück sein könnte.

In diesem Augenblick kippt das Instrument über das hüfthohe Geländer und fällt nach unten. Ich habe es schon zersplittert vor Augen, doch bleibt der erwartete Aufschlag aus. Unversehrt lieg es auf dem Fliesenboden im Erdgeschoss. Es ist ein Wunder.

Ein Treffen mit einer Freundin

Nun sitze ich mit G an einem Tisch in einem Café an einer belebten Straße in einer Stadt. Ihre Tochter steht hinter ihr. Sie reden über ihre Pläne. Als sie dazu übergehen, einen Zeitplan für einige Unternehmungen zu erstellen, beginne ich, mich ausgeschlossen zu fühlen. Da wechselt G aber auch schon das Thema. Nun sprechen wir darüber, wann und wo wir uns das nächste Mal treffen wollen.

Vorbereitungen auf einen Krieg
20. Dezember

Ein Krieg steht bevor, und alle sind an den Vorbereitungen beteiligt. Um einen Auftrag zu erfüllen, muss ich in ein mit Alufolie getarntes Auto einsteigen. Der Wachtposten sagt, dass das nicht mehr möglich sei, da man die fertige Hülle an einer Stelle aufreißen müsste. Ich bestehe jedoch darauf, meine Mission auszuführen und krieche auf allen Vieren auf der Fahrerseite hinein, über die Kupplung zum Beifahrersitz. Dort treffe ich statt auf die Tür auf eine Felswand mit einer eingegrabenen Nische. Ich greife hinein und finde Nüsse, Haselnüsse, verbunden mit einer festen Masse wie in einer Nussschokolade.

Beim Zurückkriechen reißt meine Unterhose. Es ist die neue, weiße, die seit dem ersten Waschgang einen kleinen Riss hat. Nun ist sie ganz kaputt, denke ich. Ich kann sie entsorgen.

Chaos   22. Dezember

Ich versuche, mich in einem großen Raum voller Möbel zu orientieren. Menschen hängen lässig in Sesseln herum, Auf dem Boden liegen Scherben. Ich soll dafür verantwortlich sein und tatsächlich fühle ich mich schuldig.

Auf einmal klingt es, wie wenn Hagelkörner auf ein Blechdach prasseln. Grüne Kügelchen kullern über ein Backblech und sammeln sich an seinem Rand. Es sind Erbsen.

In einer Kiste raschelt und kratzt es. Ein riesiges buntes Insekt, vom Körperbau her ein Hirschkäfer, hebt den Deckel. Mir ist unheimlich. Dass es aus eigener Kraft dazu in der Lage war!

Dunkle Wolken

Ich bin unterwegs in einem Dorf in einem Mittelgebirge. Die Kirchturmspitze führt mich zum Ortskern. Von dort gehe ich auf der schmalen Hauptstraße, die von niedrigen Häusern gesäumt ist — ehemals kleine Höfe, mit einem Wohnteil für die Familie und einer Scheune — Richtung Ortsausgang und noch ein Stück weiter bergauf. Die Hecken am Wegrand tragen die Früchte des Spätsommers, dahinter liegen magere, unebene Weiden mit ein paar wenigen, ausladenden alten Obstbäumen darauf.

Ich gehe bis zu einer Stelle, wo man über das von Hügelketten umgebene Tal schauen kann. Sofort fällt mir die dicke, schwarze Wolkendecke ins Auge, die über dem anderen Ende des Talkessels hängt und die Landschaft dort einhüllt. Ein gewaltiges Unwetter zieht herauf. Ich entscheide mich, meine Wanderung zu unterbrechen und im Dorf unterzustehen.

Hinter mir kommt eine Gruppe Wanderer näher. Sie ziehen ins Gespräch vertieft ungerührt an mir vorbei und biegen in den Wanderweg talwärts ein. Sehen sie die schwarze Wand vor ihnen nicht? Ich befürchte, dass es sehr unangenehm und sogar gefährlich werden würde. Soll ich sie warnen?

Ich spüre die ersten zarten Regentropfen und kehre um. Vielleicht gibt es ein nettes Café im Ort. Dieser war vorher allerdings ziemlich belebt, so dass ich bezweifle, dass ich einen Platz bekommen werde.

Betriebsausflug 23. Dezember

Wie immer beginnt unser Kollegiumsausflug mit einer Wanderung. Wir gehen hintereinander, mit großen Abständen zwischen den kleinen Gruppen oder Paaren, in die sich das Kollegium aufgespalten hat. Gerade führt der Weg an der Seite eines nur mit niedriger Vegetation bewachsenen Bergkegels entlang abwärts in das Tal zum Bach und weiter an dessen Ufer auf den Strand zu, zum Meer. Auf der anderen Seite des Bachs erhebt sich die nächste Klippe und dahinter ragen in einiger Entfernung Berge auf. Der Himmel ist wolkenfrei blau, die Sonnenstrahlen so intensiv, dass wir unter der spätsommerlichen Hitze leiden.

Ein uns entgegenkommender Wanderer spricht uns an. Er zeigt hinter sich in die Ferne zum Gipfel eines Berges, wo man ein in der Sonne schimmerndes und blitzendes Bauwerk erkennen kann. Ein Glaspalast oder gar ein Palast aus Eis? Auf eine würfelförmige untere Hälfte ist eine Art schiefer Quader aufgesetzt. Dies sei ein beliebtes Ziel für Lehrerausflüge, sagt er.

Das Gebäude erscheint weit weg, ein Fremdkörper. Wir geben uns begeistert und versprechen, es uns für die Zukunft vorzumerken.

Chemieunterricht

In der Schule im Chemiesaal. Mi und ich sollen gleichzeitig in diesem Raum unterrichten, jeder eine kleine Gruppe von Oberstufenschülerinnen und -schülern. Mir fällt es in dieser Situation schwer, mich zu konzentrieren. Mis klare Stimme drängt sich immer wieder an mein Ohr, und ich fürchte, dass meine Schüler meine Ausführungen nicht wirklich aufnehmen können.

Nun ist es Zeit, unsere Experimente auszuwerten. Wir betrachten und vergleichen die inzwischen gewachsenen Pflanzen. Um es den Schülern leichter zu machen, auf die Lösungen zu kommen, weise ich auf die bedeutenden Unterschiede hin. Dabei kann ich sie selbst nur mit Mühe wahrnehmen.

Es ist still geworden. Mir fällt plötzlich auf, dass nur noch wenige Schülerinnen und Schüler im Fachraum sind. Mi ist mit ihrer Gruppe verschwunden, aber auch von meinen Schüler*innen fehlen einige. Wie konnte mir das entgehen? Scham beschleicht mich.

Eine Schülerin erklärt, die anderen seien zur nahen Burgruine hochgewandert. Ich bin vor allem erleichtert, dass Mi sich diesen Freiraum genommen hat. In Zukunft wäre das in einer ähnlichen Situation auch eine Option für mich.

Im Pool

Am Rand eines Schwimmbeckens mit zwei Kolleginnen, Sa und Fr. Sa verkündet mit warmer, offenherziger Stimme, dass ich sie gerne begleiten darf und ergänzt, während wir uns nacheinander über die Einstiegsleiter ins Wasser gleiten lassen: sie brauche aber auch ihren Freiraum, vor allem, wenn sie das Spiegelbild der gläsernen Kuppel eines riesigen, in der Nähe befindlichen Gebäudes betrachtet. Das Buchstabendesign werde im Wasser perfekt abgebildet.

Sie schwimmt voraus, ich hinterher zum anderen Ende der Bahn, dankbar dazugehören zu dürfen und voller Vorfreude und Neugier. Es ist, als ob wir zu einem Abenteuer aufbrächen.

Nun stehe ich am hinteren Rand, an der Längsseite. Der Himmel über mir ist makellos dunkelblau. Weit in der Ferne erst wird er heller, zum Horizont hin dann strahlend gelb. Dort, wo das Gelb den dunkleren, von der Erdoberfläche aufsteigenden Rottönen begegnet, flammt er orange auf.

Ich schaue zu dem Gebäude mit der von innen erleuchteten Kuppel hinüber und ins Wasser nach ihrem Spiegelbild. Jedoch ist nur ein kleiner Ausschnitt des Originals zu sehen mit – ja – einzelnen Buchstaben darauf. Ich bin ein bisschen enttäuscht. Warum ihr wohl die Buchstaben so wichtig sind? Dass ich vom Rand des Beckens mehr sehen würde, kommt mir in diesem Moment nicht in den Sinn.

Das Hotelzimmer   26. Dezember

Auf einer Wanderung kommen H und ich zu einer Passhöhe mit einem Hotel. Von dort führt unsere Route bergab Richtung Tal. H aber nimmt den Weg zum Hotel. Leicht verwundert folge ich ihm in die Gaststube an die Bar, wo er sich mit jemandem unterhält. Als ich zu ihm aufschließe, sagt er, er müsse noch etwas erledigen, seine Sachen packen, auf die Toilette gehen.

»Ich auch«, sage ich und gehe die Treppe hinauf zu meinem Zimmer. Ich kann es aber nicht finden. Die Tür, die ich öffne, führt in Hs Zimmer. Beim Hindurchgehen erweitert es sich zu einer geräumigen Suite. Die vielen herumstehenden Möbel machen sie zum Labyrinth.

Die Tür zum Bad lässt sich nicht öffnen, aber um die Ecke gibt es noch eine frei im Raum stehende Toilette. Ich setze mich und uriniere. Erleichtert höre ich dem Rauschen zu und kann etwas entspannen. Da geht die Zimmertür. Zwei Männer im Gespräch. Schritte kommen näher. Schnell putze ich mich mit Klopapier ab und schaffe es gerade noch, die Hose hochzuziehen. Während ich mich an den Männern vorbeiquetsche, stammele ich irgendetwas, um den Eindruck zu zerstreuen, ich wolle mich bei H einschleichen. Dabei sollte das nicht so schlimm sein, denn er ist doch mein Mann.

Zurück im Gang treffe ich überraschend auf Bi. Sie ist die Frau von Be, den ich in Hs Suite erkannt habe. Was für eine extravagant luxuriöse Unterkunft, denke ich im Nachhinein und vermute, dass Be und Bi, ein befreundetes Ehepaar, diese Meinung teilen. Be wird sich insgeheim amüsieren, aber nichts sagen.

Seine Frau beginnt nun, sich rhythmisch zu bewegen und dabei einen Rap auf Männer zu improvisieren. Hin und wieder schlägt sie mit dem Handballen gegen die Wand. Ich möchte einstimmen, mir fällt aber nichts ein, was sie nicht schon gesagt hätte. Auch will es mir nicht gelingen, ihren Rhythmus aufzunehmen. Ich fühle mich steif, ungelenk und intellektuell unterlegen. So schwanke ich, ein bisschen hilflos, im Gang herum.

Balkonszene   26. Dezember

Von dem Balkon, unter dem ich stehe, tropft eine Flüssigkeit auf meinen Kopf. Ich schaue auf. Jemand lehnt am Balkongeländer. Ein Tropfen trifft auf meine Zunge. Es schmeckt wie ein billiges mit künstlichen Aromen aufgepepptes alkoholisches Getränk. Ekelhaft. Da ich fürchte, dass die Tropfen meine Haare verkleben, ziehe ich mich aus dem Bereich des Balkons zurück.

In der Hölle

Im Lehrerzimmer. Eine Referendarin fragt mich, ob ich ein Quiz zu einer Unterrichtseinheit in Englisch der 7. oder 8. Klasse hätte. Sie zeigt mir Anregungen dazu im Buch.

»Ich habe gerade nichts Passendes. Tut mir leid«, sage ich. Es stimmt. Ich habe tatsächlich spontan nichts parat. Außerdem fehlt mir im Augenblick die Zeit, länger zu suchen. Einerseits bin ich nun frei von der Spannung, liefern zu müssen. Gleichzeitig bedaure ich es, dass ich sie mit der Aufgabe allein lasse. Ich helfe ja eigentlich gerne aus.

Etwas später betrete ich das Klassenzimmer, wo die Referendarin unterrichtet, um etwas anzukündigen. Ich verschaffe mir mit wenigen Worten Gehör und freue mich, dass die Schülerinnen und Schüler sofort still werden und aufmerksam sind. Während ich spreche, tauschen sich einige in der hinteren Reihe aus.

»Sie heißt Gudrun«, höre ich. Die Nachricht verbreitet sich, und schließlich rufen mehrere in der hinteren Hälfte »Hallo Gudrun«. Ich sage ein paar Sätze, die die Ordnung wieder herstellen sollen. Der Jagdinstinkt der Schülerinnen und Schüler ist jedoch geweckt, und sie glauben, eine Spur gefunden zu haben.

»Sie ist in Herrn P verliebt. Hallo Frau P!«, erschallt es.

Was noch fehlt

In der Martinskirche in Kirchheim. Das Lehrerkollegium sitzt auf der linken Seite in den Reihen vor der Kanzel. Wir werden mit Namen aufgerufen. Nacheinander gehen die Kolleginnen und Kollegen mit ihren Instrumenten vor und setzen sich auf die für ein Orchester aufgestellten Stühle. Als ich aufgerufen werde, merke ich mit einem Anflug von Traurigkeit, dass ich nicht mitspielen kann, weil ich kein spielbares Doppelrohrblatt für meine Oboe habe. Warum um alles in der Welt habe ich mich nicht rechtzeitig um das Problem gekümmert? Ich beschließe, auf meinem Platz sitzen zu bleiben.

Vor Gericht   30. Dezember

Ich bin im ersten Stock eines Hauses und warte von dunklen Vorahnungen geplagt darauf, dass ich zu einer gerichtlichen Vernehmung gerufen werde. Mit einem abgehefteten Dokument war etwas nicht in Ordnung. Es stellte sich heraus, dass es gefälscht war. Auf die Frage, wer der Täter sein könnte, nannte ich nicht den Namen des Schuldigen, sondern den einer anderen Person. Meine Falschaussage flog auf, und nun wird sich ein Gericht mit meinem Fall befassen. Mittlerweile bereue ich mein Verhalten zutiefst. Warum ich so handelte, ist mir ein Rätsel. Ich verspürte keine Sympathie oder gar Zuneigung zu dem Täter. Überhaupt läuft es meinem Wesen zuwider, die Unwahrheit zu sagen. Die Vorstellung, dass mich nun neben einem strengen Urteil wahrscheinlich auch der Ausschluss aus der Gesellschaft erwartet, belastet mich sehr, und es fällt mir schwer, die drückende Sorge zu ertragen.

Nun werde ich aufgerufen. Die Richter, G und M, sind freundlicher als erwartet. Ihre Nachsicht wirkt entlastend. Ich darf wieder zurück in den oberen Teil des Hauses. Erleichtert verlasse ich den Raum. Statt der Holztreppe, die ich vorher hinuntergestiegen war, finde ich, jetzt nur eine netzartig geknüpfte Strickleiter vor. Sie gibt nach während ich hinauf klettere, schwingt leicht hin und her, und ich muss die Ränder mit den Händen auseinander halten, damit sie sich nicht zu einer Spirale windet. Das ist anstrengend, aber ich klettere zuversichtlich weiter. Mit der Zeit frage ich mich jedoch, wo sie hinführt. Ich ahne, dass von ihr aus kein Zugang zu den Räumen in den oberen Stockwerken möglich ist.

Das Erbe

Während eines Gesprächs mit seinem ältesten Sohn zählt M auf, was dieser erben wird. Sein Tonfall ist irgendwo zwischen ärgerlich und gekränkt angesiedelt. Am Ende fügt er hinzu, dass sein Erbe jedoch ausschließlich in Vermögenswerten angelegt sein wird, und wenn er in größerem Stil Geld ausgeben möchte, müsse er eine Anleihe auf diese aufnehmen.

Unglück

Menschliche Körper fallen das Treppenhaus hinunter und bleiben am Fuß der Treppe mit schweren Verletzungen blutend vor mir liegen. Ich sage mir, dass ich mit der Ursache für ihren Sturz nichts zu tun habe. Trotzdem bleibe ich mit der Notwendigkeit und Verpflichtung konfrontiert, etwas tun zu müssen, um zu helfen. Beim Anblick der Zahl der Verletzten und der Schwere ihrer Verletzungen bin ich jedoch wie gelähmt. Ich kann mich nicht entscheiden, was das Beste und Richtige wäre und was ich zuerst tun soll. So hin- und hergeworfen zwischen den Möglichkeiten bleibe ich handlungsunfähig und wache mit einem Gefühl der Hilflosigkeit auf.

Verwirrt 31. Dezember

Ich komme nach dem Unterricht ins Lehrerzimmer und gehe an meinen Platz, den ich an seiner Position im Verhältnis zur Fensterfront und zu den anderen Tischreihen erkenne. Auch meine Unterrichtsmaterialien habe ich dort abgelegt. Auf einmal stelle ich jedoch fest, dass ich mich auf einen falschen Platz gesetzt habe, eine Reihe weiter hinten und mehr in die Mitte der Reihe.

Was wohl die Kolleg*innen denken? frage ich mich, peinliche Verlegenheit spürend. Im Augenwinkel nehme ich Sa in der Reihe hinter mir wahr. Hoffend, dass meine Aktion nicht auffällt, nehme ich so viele von meinen Sachen wie möglich in den Arm und transportiere sie an meinen eigentlichen Platz.

Ein Protestmarsch

Die nächste Unterrichtsstunde beginnt gleich. Ich nehme mein Unterrichtsmaterial in den Arm und gehe hinaus auf den Gang. Als ich nach rechts abbiege sehe ich aus dem Augenwinkel von links einen Demonstrationszug näherkommen, angeführt von unserem Personalratsvorsitzenden. Er trägt ein Schild mit einer Forderung oder einem Slogan vor sich her. Ich kann nicht erkennen, wofür oder wogegen sie demonstrieren, frage mich aber, wie die Aktion den Unterricht beeinflussen wird. Werden die Demonstrierenden, wie die Schülerinnen und Schüler beim Abischerz, in die Klassenräume kommen, den Unterricht unterbrechen und stören oder gar die Schüler dazu auffordern, sich dem Demonstrationszug anzuschließen?

Januar bis April 2022

Gestrandet   1. Januar

Ein Mann steht vor einem Gericht in Karlsruhe wegen seiner rechtsextremen Ansichten im Kreuzverhör. Außer mir hört noch ein älterer Mann zu, der aussieht wie Bernie Sanders. Beim Hinausgehen spricht er mich an und lobt meine Verdienste. Er möchte mich zum Bahnhof begleiten. Mein Zug fährt bald ab, und ich bin innerlich angespannt, da mein Fahrrad komisch verbogen ist, so dass ich es auseinanderklappen muss, bevor ich losgehen kann.

Auf einmal ist es kein Fahrrad mehr, sondern der alte Kinderwagen für Kleinkinder meiner Eltern. Ich falte ihn auseinander, setze mich rittlings darauf und stoße mit den Beinen vom Boden ab. Der Mann ist inzwischen weiter gegangen. Als ich ihn einhole, sagt er, von mir enttäuscht, der Zug fahre doch schon in 2 Minuten. Den würde ich nicht mehr erreichen.

Das wäre eine Katastrophe. Ich würde zu spät zu meinem Unterricht kommen, zwei Stunden Englischkurs, zwei Stunden NWT wie immer am Montagnachmittag. Ich überlege, welche Aufgaben ich für meine Englischschüler*innen an die Schulleitung mailen könnte. Der NWT-Unterricht müsste ganz ausfallen.

Der ältere Mann steht nun im Gespräch mit anderen zusammen. Er beachtet mich nicht mehr. Ich kann jedoch eine Passantin nach dem Weg zur S-Bahn-Station fragen. Unerwartet stehen wir schon davor. Sie befindet sich in dem grauen, quaderförmigen Gebäude mit den durchbrochenen Betonwänden. Wenn

<space style="white-space: pre">   </space>- 38 -

ich mich beeile, kann ich meinen Zug noch erreichen, sagt sie. Voller Hoffnung renne ich los.

Frühling   6. Januar

Es liegt reichlich Schnee, aber tagsüber ist es schon so warm, dass das Tauwasser von den Dächern tropft und sich in Pfützen auf der Straße sammelt. In der Nacht sind die Temperaturen jedoch wieder unter 0 °C gesunken. Der Parkplatz, in den ich mit meinem Auto einbiege, ist vereist. Da er leer ist, fahre ich bis nach hinten und parke senkrecht zur Fahrtrichtung ein.

Die Luft fühlt sich an wie im frühen Frühling, noch kalt, aber ohne den Biss des Winters. Durch Lücken in der Wolkendecke, leuchtet der Himmel gelb. Ich bin zu einem Fest eingeladen. Am oberen Rand des Parkplatzes steht ein langer Biertisch bedeckt mit einer Überfülle an Speisen, verschiedene Gerichte und Salate in Schüsseln, dazwischen Schalen mit Obst und Körbchen mit Brot.

Neben dem Parkplatz plätschert ein Bach über Steine durch eine Wiese ins Tal. Dahinter spielen Kinder Fußball. Auf einmal klatscht der Ball aufs Wasser und wird von der Strömung davongetragen. Ein Mädchen läuft auf den Bach zu. Da ich fürchte, dass der Ball vielleicht nicht mehr einzufangen sein wird, wenn man zu lange wartet, renne ich ebenfalls los, den Bach entlang, um ihn zu überholen und zu greifen. Er entwischt mir aber und wird weitergetragen. Er ist nun größer und leichter als ein Fußball, ähnlich wie ein Wasserball, fast weiß und mit grauen Achteckflächen bedeckt. Für welche Sportart er wohl verwendet wird? Ich laufe und springe nun im Bach weiter, überraschend leichtfüßig und trittsicher, ohne mir den Fuß zu vertreten oder auf einem Stein wegzurutschen.

Weiter unten im Tal steht jemand neben dem Bach. Er könnte den Ball leicht herausnehmen, wenn er vorbeischwimmt, aber ich setze meine Verfolgung fort, springe ein letztes Mal und schnappe mir den Ball. Voller Stolz und Freude gehe ich auf den wartenden Mann zu. Es ist Herr S, ein pensionierter Kollege.

Nun sitze ich neben Herrn S auf einer Bank in einem Unterstand für Wanderer, ein Giebelholzdach über einem Holztisch, an dem Holzbänke befestigt sind. Er bietet mir ein Schinkenröllchen an und hält es mir gleich auf einer Gabel vor den Mund. Schinkenröllchen seien nur ein Beispiel für die vielen leckeren Rezepte, die er kenne.

Er zählt mich wohl nicht zu dem Kreis der Kultivierten, denen diese Art von Häppchen vertraut ist, denke ich. Mich rückständig fühlend, beiße ich ab und kaue. Im Inneren ist eine saure Gurke. Dabei habe ich mit einer Melonenfüllung gerechnet. Ich spüre seinen Blick auf mir und lasse ihn wissen, dass es sehr delikat sei. Er pflichtet mir bei. Ich denke an das Büffet beim Parkplatz. Es erschien mir zu üppig, hatte geradezu etwas Verschwenderisches.   Das

Schinkenröllchen dagegen war spartanisch. Ich hatte angenommen, es sei nur die Vorspeise. Wenigstens ein Stück Brot oder ein Brötchen hätte ich mir dazu gewünscht, um den salzigen Geschmack etwas zu neutralisieren.

Auseinandergefallen 7. Januar

Ich sitze in einer Gruppe von Schülerinnen und Schülern meines Englischkurses und gehe mit ihnen eine Aufgabe durch. Nachdem die Grundlagen klar sind, kommt nun der wirklich interessante Teil, aber die Motivation fällt ab. Es wird unruhig, die Gruppe bröckelt allmählich auseinander, bis niemand mehr da ist. Das bedrückt mich erst einmal. Dann stelle ich fest, dass es gleich 10:05 Uhr ist. Die Stunde ist fast zu Ende. Ich packe meine Sachen und mache mich auf den Weg zu meiner nächsten Klasse.

Als ich die Klassenzimmertür öffne, begrüßt gerade eine andere Lehrerin ihre Klasse. Die Schüler*innen sind respektvoll aufgestanden. So ist es bei mir nicht, denke ich. Wie bekommt man das hin? Im nächsten Klassenraum hat der Unterricht schon begonnen. Ich habe keine Ahnung, wo meine Klasse sein könnte. Ich habe die Orientierung verloren.

Verloren und wieder Gefunden

Ich sitze am Steuer meines Autos. Eine meiner Töchter fährt als Beifahrerin mit. Wir sind gerade dabei umzukehren, weil wir an einem Bahnhof ein Ladekabel und meine Kopfhörer mit den irischen Kleeblättern an den Stöpseln vergessen haben. Um meine Ungeduld und leichte Genervtheit zu bezähmen, rede ich mir ein, dass es nicht weit ist. Wir biegen links ab, fahren über die Brücke auf die andere Seite der Bahnlinie, dann gleich entlang der Schienen. Am Bahnhof über einem Geländer hängen tatsächlich die verlorenen Gegenstände, beide in leuchtendem Weiß. Erleichtert nehme ich sie wieder in Besitz.

Langlaufen im Schwarzwald

J und ich sind auf einer Hochebene im Schwarzwald auf Langlaufskiern unterwegs. Aufgrund von Schneemangel hat die Loipe Lücken, und wir kommen nur mühsam voran. Ich schaue mich nach J um. Sie hat mich gleich eingeholt. Von hier aus sehen wir, dass die Schneedecke unten im Tal geschlossen zu sein scheint. Wir schnallen die Skier ab, um zu Fuß den dazwischen liegenden grasbedeckten Abhang hinunterzugehen. Im Tal liegt wirklich reichlich

Schnee, aber die Wolken hängen so tief, dass es dunkel ist, wie in der Abenddämmerung. Trotzdem schnallen wir die Ski wieder an und laufen los.

In einer Berghütte

Ich sitze mit einigen Kolleginnen und Kollegen in der Stube einer Hütte. Es gibt Snacks zu essen. Das Gespräch dreht sich um einen kürzlich unternommenen mehrtägigen Ausflug. Ein Kollege erinnert sich in entrüstetem Ton, dass eine von uns abends nie mit in der Runde gesessen sei. Er schaut zu mir, aber ich weise den Vorwurf zurück. Ich habe alle Abende mit ihnen verbracht, er war nie dabei gewesen. Als die anderen mich unterstützen, bin ich erstaunt und froh.

Es ist Zeit, nach Hause aufzubrechen. Wir räumen Herumstehendes auf und packen unsere Sachen. Jetzt ähnelt der Raum eher dem Lehrerzimmer, dann sind wir auf einmal wieder in der Hütte.

Vor der Heimfahrt sollen wir uns noch ausruhen. Wir verteilen uns auf die Stockbetten. Ich liege auf dem Rücken neben U, so nah, dass sich unsere Wangen manchmal berühren. Kann das völlig unbeabsichtigt sein? Ich fühle mich nicht zu U hingezogen. Auf meiner anderen Seite, auf dem breiten Fensterbrett, sitzt auf einmal sein vier- bis fünfjähriger kleiner Sohn. Warum fahren wir jetzt nicht nach Hause? frage ich mich.

In Indien   18. Januar

Ich bin in einem Motelzimmer. F ist mit seinen Eltern nebenan. Wir machen uns für eine bevorstehende Flugreise bereit. Der Parkplatz draußen ist eine Fläche aus rötlichem Sand, die wie ein gigantischer Ofen die Strahlen des grell-gelben Sonnenballs am sonst grauen Himmel als erbarmungslose Hitze zurückwirft.

Hafenmanöver

Ich stehe auf dem Deck eines Schiffs neben dem Steuermann mit seinem grauweißen Vollbart und seiner dunkelblauen Mütze und spüre den frischen Wind im Gesicht und an meinen Kleidern zerren. Er schaut mit zusammengekniffenen Augen voraus, während er das Schiff in die Hafeneinfahrt lenkt.

Bergwanderung   30. Januar

Wir, H, die Kinder und ich, wandern von unserer Pension aus bergauf bis zu einem plateauförmigen Bergsattel. Dort schaue ich mich um und bin überrascht, dass der Gipfel des Berges nicht weit ist, ein fast kahler, lehmfarbiger Hügel, über den rötliche Felsbrocken verstreut sind. Ein treppenartiger Aufgang führt hinauf.

»Das ist machbar«, denke ich und sage zu H:

»Da möchte ich gerne noch hoch. Das dauert nicht lange. Es ist ja nicht weit.«

Jetzt sehe ich, dass Menschen auf der Gipfelkuppe herumlaufen und dass auch eine Seilbahn dort hinaufführt. Eine Kabine fährt gerade in die Bergstation, einen quadratischen Betonbau etwas unterhalb des höchsten Punktes, ein.

Ich gehe zum Rand des Plateaus und staune über den herrlichen Blick über die tiefen Täler und die umliegenden Berge. Dann erschrecke ich, denn ich bin mit den Schuhspitzen schon über der Kante des senkrecht abfallenden Felshangs. Ernüchtert ob meines Leichtsinns ziehe ich mich zurück und vermeide den Rand nun sorgfältig, während ich auf der Hochfläche herumgehe und die grandiose Berglandschaft auf mich wirken lasse. Bald bin ich wieder in einer ähnlichen Hochstimmung wie zuvor.

Kommunikation

H und ich sind auf einer Bootsfahrt in der von Kanälen durchzogenen Stadt Mosel.[3] Unser Gefährt ist

---

[3] Ein fiktiver Ort.

kein typisches Boot. Es hat eher Ähnlichkeit mit einer Kutsche. Ich beginne, ihm von meiner kürzlichen Begegnung mit zwei Frauen zu erzählen. Eine ist lesbisch, die andere möchte keinen Sex mehr haben. Ihre Gedanken scheinen mir bahnbrechende Erkenntnisse zu sein. Ich wünsche mir, dass er sieht, was ich sehe, komme jedoch ins Stocken. Es ist schwierig, die richtigen Worte zu finden, um vor seinen Augen das Gebäude in seinen Schattierungen erstehen zu lassen. Je mehr ich mich bemühe, desto unbestimmter erscheint es mir. Auch fürchte ich plötzlich, H könne denken, ich spräche über meine eigene sexuelle Orientierung, über meine eigenen Gefühle. Deshalb schweife ich nun ab zu einem Artikel, den ich kürzlich gelesen habe. Es war ein Bericht über die unangenehmen Erfahrungen eines lesbischen Paars, das vonseiten der Eltern eines der Partner mit einer Mischung aus Unverständnis und Unkenntnis konfrontiert wurde.

Vor der Rückreise

Im Urlaub am Tag vor der Rückreise. Wir kommen von einem Ausflug zurück und wollen nun packen. In dem großen Wohnzimmer liegen unsere Sachen verstreut. Wo soll ich anfangen? frage ich mich. Wie auch immer, erst müssen wir noch das Abendessen zubereiten.

H zeigt mir die Vorräte an Gemüse. Einige Zucchini sind noch übrig, die ich schneiden und dünsten soll. Ich fühle mich geehrt, dass er mir diese Aufgabe gibt. Dankbar beginne ich, die Kolben in schmale Stifte zu zerteilen.

Zimmer mit Aussicht

Im Wohnzimmer meiner Eltern. Durch das Fenster sieht man auf einmal die Gipfel eines mit Schnee bedeckten Hochgebirges. Ich staune, weil das eigentlich unmöglich ist, freue mich aber und weise die anderen Anwesenden darauf hin. Inzwischen bin ich überzeugt, dass es keine Täuschung ist, denn Wolken würden sich schnell verändern. Die Berge sind jedoch noch immer da, nicht weit entfernt, in ihrer unzweifelhaften Solidität.

Beim Arzt   1. Februar

Nach einer langen Pause gehe ich zu meinem Hausarzt. Mir wird Blut abgenommen und meine Schulterbreite wird vermessen. Als der Arzt mir die Liste mit meinen Blutwerten zeigt, erscheint sie mir als eine

Aufstellung seltsamer Zeichen, die keinen Sinn ergibt.

Auf die Frage, wie es mir gehe, erzähle ich von meinen Erfahrungen an der Uniklinik, davon, dass die Untersuchungen letztlich zu keiner bestimmten Diagnose führten.

Nun sind auf einmal mehrere Menschen im Sprechzimmer. Ich fahre trotzdem mit meiner Erzählung fort. Die Anwesenden scheinen Ärzte zu sein, Männer und Frauen, aber sie führen ihre eigene Konversation. Niemand hört mir mehr zu. Schließlich bitte ich eine ältere Frau, mir ein Rezept zu schreiben. Sie beginnt zu schreiben, und ich hoffe, dass es das richtige Medikament ist.

Ein Familienfest

Über die große Wohnung verstreut stehen und sitzen Menschen in kleinen Gruppen. Auf einem langen Tisch ist ein Frühstücksbuffet vorbereitet. Ich bin gerade erst angekommen und schlendere durch die Räume, um mir ein Bild von der Lage zu machen. Zuletzt lasse ich meinen Blick über die Speisen auf dem Tisch schweifen und atme ihre Aromen ein.

Da ich mich in meinen Kleidern schmuddelig fühle, gehe ich zu einem Schrank, um mir etwas Schöneres zum Anziehen herauszusuchen. Tatsächlich hängen einige ordentliche Kleider dort, aber keines scheint mir für den Anlass zu passen, auch nicht das lindgrüne, knielange, ärmellose mit dem schrägen, asymmetrischen Ausschnitt.

Ich schlendere zum nächsten Tisch, wo O gerade ein Brot in Scheiben schneidet, und setze mich dazu. Er steht aber auf und geht weg.

Zweifel

Ich bin mit dem Fahrrad im Schwarzwald unterwegs in Begleitung eines Mannes. Ich fahre voraus, einen steilen, schmalen Weg bergab, der den Bach in der Sohle eines engen Tals überquert, den gegenüberliegenden Hang hinaufführt und dann in einem rechten Winkel nach rechts abbiegt. Schon auf dem letzten Stück bergab spüre ich, wie mein Vorderrad bremst.

Ob ich einen Plattfuß habe? Ich halte an und verlagere mein Gewicht, um den Reifendruck zu überprüfen. Etwas Luft ist wohl verloren gegangen, aber dies scheint mir nicht ausreichend zu erklären, warum das Vorwärtskommen so viel Kraft erfordert.

Zweifel überkommen mich. Dabei war ich mir zuvor so sicher gewesen. Haben wir uns vielleicht doch verfahren?

Geschenke

In einem Flur steht ein Paket für mich, das ich in Anwesenheit eines befreundeten Paares auspacke. Es enthält zwei Geschenke. Eines ist in schönes neues, das andere in sichtlich gebrauchtes, zerknittertes und an mehreren Stellen angerissenes Geschenkpapier eingehüllt. Aus dem ersten Paket wickle ich ein Poster aus. Das zweite enthält ebenfalls ein Poster, genau dasselbe wie das erste. Die Anwesenden staunen über die schönen Geschenke. Die Frau bemerkt, wie großzügig sie seien. Sie sei beinahe ein bisschen neidisch.

Die Lösung

Ich bin noch Schülerin und sitze inmitten einer Klasse. Wir sollen eine Aufgabe zu einer Skizze lösen, die eine gewölbte Scheibe zeigt, in der in einem spitzen Winkel ein Pfeil steckt. Sie erinnert mich an eine Brosche. Sicher in dieser kurzen Zeit schon die Lösung gefunden zu haben, melde ich mich gleich für die Präsentation. Als ich vor der Klasse stehe, merke ich aber, dass wir eigentlich eine ganz andere Aufgabe hätten lösen sollen, eine Textaufgabe, und dass ich die Anweisungen falsch verstanden hatte. So beginne ich, zu improvisieren.

Geburt

Ich komme nach Hause und treffe auf Menschen in dem engen, dunklen Hausflur, meine Vermieter. Ihrem Gespräch entnehme ich, dass sie über meine Mutter reden. Sie habe einmal hier auf dieser Türschwelle, ein Kind geboren, sagen sie.

Ein sicherer Ort

Mit C an einem Strand in einem Badeort. Wir sitzen in einem Café bei Kaffee und Kuchen. Nach einiger Zeit ziehen wir uns zum Schlafen an einen von einem Halbrund hoher Felsen geschützten Ort zurück.

Gerade erwacht, suche ich nach Material – ein Stift, ein Blatt Papier - zum Aufschreiben eines Traums. Von der anderen Seite schlägt die Brandung gegen den Felsen, ein rhythmisches dumpfes Wummern, das eine Weile nachhallt. Ich liege wach, warte beunruhigt jeden Schlag ab und spüre Angst in meiner Kehle. Ob wir an unserem Schlafplatz sicher sind?

Vorahnung

Während ich mir verschiedene Meinungen dazu an-
höre, wie man ein Haus, das mir gehört oder an dem
ich ein Interesse habe, isolieren könnte, erkenne ich,
dass einer der Männer in der Runde krank ist. Er sieht
so blass und abgehärmt aus, dass ich fürchte, dass er
bald stirbt, und ich spüre die dunkle schmerzhafte
Leerstelle, die er hinterlassen wird, im Voraus.

Als ich ihn kurze Zeit später wiedersehe, geht es
ihm schon viel besser. Unerwartet ist er auf dem Weg
der Genesung, und ich freue mich.

Ein Beratungsbesuch   16. Februar

Ich unterrichte Englisch in einer 8. oder 9. Klasse, die
fast ausschließlich aus Mädchen besteht. Die Schülerinnen sind gutmütig, lebhaft und leistungsbereit. G
sitzt zum Unterrichtsbesuch zwischen ihnen. Sie arbeiten konzentriert mit. Fünf Minuten vor Stunden-
ende beginnen sie jedoch, unruhig zu werden. Es ist
Zeit, ihnen die Hausaufgaben zu geben. Eine Übung
mit Bildern erscheint mir geeignet, ich habe sie aber
selbst noch nicht gemacht. Außerdem fällt mir ein,
dass ich Vokabeln zum Lernen aufgeben muss, weil
der im Unterricht behandelte Text neu war. Die Vo-
kabelseiten in meinem Buch fehlen aber. Man sieht,

dass sie herausgerissen wurden. Zu dumm. Die Schülerinnen haben inzwischen angefangen zu packen. In die Unruhe des Aufbrechens hinein rufe ich so laut ich kann die Seitenzahl und Nummer der Übung.

Während ich mein Unterrichtsmaterial zusammenräume, lasse ich die Stunde Revue passieren. Insgesamt scheint sie mir gelungen zu sein, obwohl ich am Ende einige unglückliche Entscheidungen traf.

Nun steht G neben mir und bittet mich zu einer kurzen Unterrichtsbesprechung. Sowohl in diesem als auch im Nebenraum findet jedoch gleich wieder Unterricht statt. Die Schüler*innen kommen schon durch die Tür. Wir verlassen hastig das Klassenzimmer. Im Gang herrscht so ein großes Gedränge, dass es uns nicht gelingt, die Richtung selbst zu bestimmen. Wir werden im Schülerstrom zum Gebäudeausgang geschwemmt.

Nun stehen wir draußen auf einem schmalen Weg hinter einem Ochsenkarren. G schlägt vor, aufzusteigen und als Passagiere mitzufahren. Allerdings sind wir hinter dem Wagen eingekeilt, ohne Möglichkeit, den Fahrer auf uns aufmerksam zu machen. Als der Ochse einen Schritt vorwärts macht, kommt er auf dem mit losem Sand bedeckten Abhang ins Rutschen, wobei er mit den Hinterbeinen einknickt und den Rest des Abhangs auf seinem Hinterteil hinunterschlittert. Wir lachen, weil es so lustig aussieht, aber der Ochse ist gekränkt. Entsetzt über mich selbst höre ich sofort auf zu lachen.[4]

Der Schimmel   18. Februar

Ich gehe den steilen Weg gegenüber der Stadtmitte von St. Georgen hinauf, betrete den Wald und biege in die Haarnadelkurve der Straße zur Schwanenhöhe ein. Nach dem hellen Blätterdach der Laubbäume am Rand bin ich schnell von dunklen Fichten umgeben. Da taucht nicht weit vor mir wie aus dem Nichts ein großer, kräftiger, knochiger Schimmel auf und kommt mir im Schritt entgegen. Ein sehr altes Tier scheint mir. Ich möchte ihn aufhalten und ihn zum Pferdehof auf der anderen Seite des Berges zurückführen. Ob ich ihn zum Stehen bringen kann? Er wirkt so wuchtig, dass es für ihn ein leichtes sein müsste, mich einfach wegzuschieben.

Als ich seine Zügel unter dem Unterkiefer zusammennehme, bleibt er tatsächlich stehen. Er hat ein dichtes, auffällig langes, vom Schweiß gekräuseltes,

---

[4] Die Szene mit dem Ochsenkarren muss von meiner Lektüre des zweiten Bands der Autobiographie von Leonard Woolf, *Growing*, inspiriert worden sein, der seine Erinnerungen an seine Zeit in Ceylon, heute Sri Lanka, enthält. Darin erzählt er von einer sechsunddreißigstündigen Reise auf einem Ochsenkarren. Leonard Woolf, *Growing*, An Autobiography of the Years 1904-1911, London, 1975, 23-30.

teilweise weißes, teilweise schmutzig gelb-braunes Fell. Auf seinem Rücken sitzt, nein liegt, ein ungefähr 7-jähriges Mädchen. Sie hat den Hals des Pferdes mit den Armen fest umschlungen und ihre rechte Wange an ihn geschmiegt. Ihre langen blonden Haare hängen wie ein Schleier über ihrem Gesicht. Ich spreche sie an, aber sie reagiert nicht. Als ich versuche, sie herunterzunehmen, stelle ich fest, dass sie geradezu mit dem Pferd verwachsen ist.

Ob sie überhaupt noch lebt? frage ich mich voller Entsetzen.

Nur ein Traum   19. Februar

Ich gehe eine Straße in einer Großstadt entlang, rechts und links Reihen mehrstöckiger Stadthäuser aus der Gründerzeit. Eigentlich kenne ich mich aus und weiß, wo ich abbiegen muss, aber bei genauerem Hinsehen sind mir die jetzt folgenden modernen Backsteinhäuser fremd. Bin ich vielleicht doch schon an der richtigen Abzweigung vorbei? Zum Glück scheint es von hier aus eine Querverbindung in die Parallelstraße zu geben, so dass ich den Weg nicht zurückgehen muss.

Es ist eine langsam ansteigende Gasse zwischen den Häuserblocks mit Treppen hier und da. Vor einem der Hauseingänge stehen zwei junge Erwachsene, ein Mann und eine Frau, sicher ein Paar. Ihr Gespräch klingt erregt. Er beschuldigt sie. Ich höre den

Namen *Robert*. Daraufhin fällt sie in einen ruhigen, besänftigenden Ton.

Als ich die Parallelstraße erreiche, mische ich mich unter die vielen jüngeren Leute dort. Es ist wie bei einem Straßenfest. Ich komme mit einem vielleicht 20-jährigen Mann mit ovaler Gesichtsform und weichen Zügen ins Gespräch. Er heißt Sebastien.[5] Er erzählt mir von seinem Traum, zur See zu fahren, auf einem Frachtschiff um die Welt zu reisen. Ich sehe es vor Augen, das Schiff an der Anlegestelle, wie es ablegt und höre die Schiffssirene, die bei der Hafenausfahrt ertönt. Ein paar Momente lang teile ich sein reines Glück. Dann schleichen sich allmählich Zweifel daran ein, ob es ihm gelingen kann, seinen Traum zu verwirklichen.

Unter den jungen Leuten entdecke ich jetzt J. Sie unterhält sich angeregt mit ehemaligen Mitschüler*innen und Freund*innen von früher, aus der Zeit bevor sie die Stadt verlassen hat. Sie haben sie wohl freundlich empfangen, sie die Freude darüber, dass sie wieder zurück ist, spüren lassen. Ein junger Mann mit einem weichen, von gewelltem Haar umrahmten Gesicht fällt mir auf, ich erkenne ihn aber nicht. Überhaupt kenne ich niemanden aus der Gruppe. Habe ich mich damals so wenig für Js Leben interessiert?

Nun geht jeder seiner Wege, aber nur vorübergehend. Sie haben sich für später irgendwo auf dem Fest verabredet. Es wirkt, als sei J integriert, wie sie es vorher nie war. Ich bin erleichtert, dass ihre Skepsis und

---

[5] Für ihn gibt es keine Entsprechung in der Realität.

ihre dunklen Vorahnungen sich als grundlos erwiesen haben.

Nun sitze ich in einer Gaststube auf einer Eckbank mit dem Rücken zur Wand. Der junge Mann, der mir den Teller mit Reis und gemischtem Gemüse bringt, ist Sebastien. Das Gericht ist ausgezeichnet, das Gemüse schmackhaft und nicht zu weich gekocht. Auch der Reis ist gerade so, wie er sein soll. Ich kaue die verschiedenfarbigen Gemüsescheibchen, -röschen und -würfel sorgfältig und genieße ihr Aroma auf Zunge und Gaumen.

Später draußen auf einem schmalen, aber belebten Weg schwärme ich im Gespräch mit einer Frau von dem Gericht. Das beste Risotto, das ich je gegessen habe. Was für ein ausgezeichneter Koch Sebastien doch sei. Die Frau schaut mich verwundert, ja etwas befremdet an. Sie findet, dass er kein besonderes Talent für diesen Beruf hat. J fragt mich, ob ich in Sebastien verliebt sei. Ich sondiere meine Gefühle kritisch, finde aber nur mütterliche Wärme.

Als ich ihm wieder begegne, erkenne ich ihn erstmal gar nicht.

»Robert?« frage ich.

Ich sehe ihm an, dass er gekränkt ist, aber seine Niedergeschlagenheit hat noch einen anderen Grund. Er ist inzwischen zu dem Schluss gekommen, dass sein Traum von einer Seefahrt nie Wirklichkeit werden würde. Wir sitzen nebeneinander auf der oberen Stufe einer Treppenstiege zwischen Häusern. Ich habe meinen Arm tröstend um ihn gelegt. Sein Kopf liegt an meiner Schulter. Ich wünsche, dass meine Zuversicht auf ihn übergeht, bezweifle aber, dass ich ihn wirklich aufmuntern kann.

Ein Kriminalfall   25. Februar

Ich gehe in Begleitung einer Freundin einen Korridor im Erdgeschoss eines Hotels entlang. Aus dem letzten Zimmer vor der Eingangshalle erscheinen zwei Polizisten. Sie haben es wohl durchsucht, aber nichts gefunden. Ich bin erleichtert darüber, nicht im Fokus ihrer Ermittlungen zu sein.

Die Polizisten gehen uns voraus auf die Straße einer englischen Kleinstadt und weiter in den Hof des gegenüber liegenden Gebäudes. Dort bleiben sie vor einer Skulptur stehen und reden aufgeregt miteinander, während sie sie betrachten. Fasziniert beobachte ich, wie sie sich einer Figurengruppe daneben zuwenden und dann einer dritten auf einem sehr hohen Sockel mit relativ kleinen dicken Figuren aus einem glänzenden Material wie polierter Marmor. Wie ich heraushöre, hat sie den Titel *Blède* oder *Bede* und wurde wahrscheinlich aus einer Ausstellung in Stoke on Trent gestohlen.

Shopping 26. Februar

Ich bin in einem Kaufhaus mit C und drehe ein bisschen ratlos an einem Kleidungsständer. C nähert sich
und zeigt mir einige schicke Oberteile zum Anprobieren. Ich habe einige Hosen, unter anderem Jeans über
dem Arm und ein T-Shirt mit einem bunten Motiv. Sie
lacht über das T-Shirt. Es sei unpassend, zu *casual*.

»Leg es zurück«, ordnet sie an.

Ich stimme ihr zu, meine Arme sind aber so voll,
dass es unmöglich ist, ein einzelnes Kleidungsstück
abzulegen oder zurückzuhängen. Hoffentlich hat sie
nicht den Eindruck, ich höre nicht auf sie, denke ich,
und gehe zum Anprobieren Richtung Umkleidekabi-
nen.

Gottesdienst

In einer modernen Kirche mit einem kegelförmigen
Kirchenschiff. Das durch die vielfarbigen Fenster-
scheiben hereinstrahlende Licht überdeckt den nüch-
ternen Grundton der Betonwände und erfüllt den
Raum mit einer warmen, heiteren Atmosphäre.

Vor dem Altar sind Stühle im Halbrund aufgestellt.
Nur wenige Plätze sind besetzt. Zwei Frauen treten
zur Lesung vor die Gemeinde. Ich bin überrascht,
dass sie auf Englisch vortragen. Bei genauerem Hin-

hören erweist sich der Text als ein Zitat aus einem Roman von Jane Austen, den ich kürzlich für mich wiederentdeckt hatte.[6] Wie in aller Welt soll das passend sein? Verstehen das überhaupt alle? frage ich mich, und meine grimmige Genugtuung darüber, dass meine Interessen wohl gerade Avantgarde sind, ist nicht ohne Selbstironie.

Im Café   3. März

Ich sitze vor dem Computer und schreibe eine E-Mail an L, eine Zusage, ihn zu treffen. Dann gehe ich eine von mehrstöckigen Häusern gesäumte Straße in einem Stadtzentrum entlang. Mir gefallen die jungen spanischen Männer, schlank, groß und dunkelhaarig, die dort herumhängen. Schließlich betrete ich ein Café und setze mich zu H an einen Tisch.

Während wir reden, erscheint auf einmal L. Ich bin entsetzt. H denkt bestimmt, ich habe das Treffen verabredet und wolle es wie eine Zufallsbegegnung erscheinen lassen. Verzweifelt und auch etwas ärgerlich signalisiere ich L, dass seine Anwesenheit nicht erwünscht ist. Dabei fällt mir auf, dass er ganz krank und verhärmt aussieht, mit wunden Stellen auf der fleckigen Haut. Nach einigem Zögern, als ob er es

---

[6] Ich las in dieser Zeit den Roman *Pride and Prejudice* (Stolz und Vorurteil) von Jane Austen als Bettlektüre.

nicht glauben könne, zieht er sich mit einem verletzten Ausdruck zurück.

Eine Begegnung

Ich steige die letzten Stufen einer Treppe aus einer U-Bahnstation hinauf und sehe mich beim Auftauchen um. In den angrenzenden Parkanlagen bemerke ich eine Frühsportgruppe und in einiger Entfernung noch eine. Die Teilnehmerinnen bewegen sich synchron, wie zu einer inneren Musik. Eine Selbstverteidigungstechnik vielleicht? Bei genauerem Hinsehen erkenne ich, dass ihre Körper aufgebläht sind mit ausladenden Bäuchen und breiten Hüften, jedoch getragen von relativ dünnen Beinen.

Fasziniert, aber besorgt, beim Starren ertappt zu werden, reiße ich mich los und gehe weiter, befreit, als hätte ich alle Lebenskrisen hinter mir gelassen. Da erst bemerke ich einen Mann neben mir. Er streckt mir ein Foto hin.

»Versprich mir, dass du dieses Bild nie weitergibst«, bellt er. Mir stockt der Atem.

»Klar. Natürlich nicht«, bricht es aus mir heraus, bevor ich das Foto genauer anschauen kann.

Jetzt erst erkenne ich, dass es über die Schulter eines anderen Mannes aufgenommen ist und ihn halb abgewandt zeigt, mit verzerrtem Gesicht, taumelnd, wohl betrunken oder unter Drogen. Er ist in einem ganz schlechten Zustand, fährt es mir durch den Kopf.

Verletzt

Das Gesicht des Sportlers ist von Schmerz verzerrt. Man sieht ihm an, dass er sich mit einer Verletzung quält. Jedoch spricht ihn niemand an. Niemand versucht, ihn zu überreden, vom Wettkampf zurückzutreten. Dabei ist abzusehen, dass seine Mannschaft keine Chance hat, wenn er seinen Platz nicht für einen anderen frei gibt.

Zahnpflege

Ich beobachte, wie ein Mann, H, seine Zähne putzt. Sie sehen gesund aus, makellos weiß. Er schrubbt sehr lange sorgfältig auf jeder Seite von den Schneidezähnen zu den Eckzähnen hin zu den Backenzähnen, Zahn für Zahn, oben und unten. Jetzt ist er fertig, denke ich, aber er beginnt eine neue Runde. Ich versuche, ein System zu erkennen. Ob er wohl jeden Abschnitt 5 Minuten lang abbürstet? So macht man es richtig, denke ich. In meine Bewunderung mischt sich jedoch allmählich etwas Ungeduld.

An einem sonnigen Tag in einem Bus, der über die Fildern nach Stuttgart fährt. Vor mir sitzen W und sein etwa 13-jähriger Sohn. Die Reihe davor ist von vier Männern mittleren Alters besetzt. Sie tragen rote Skijacken, sind groß und sportlich und vermutlich auch gut aussehend. Ihre Alpinskier sind vor ihnen auf dem Boden aufgestellt und lehnen an ihren Schultern. Als einer von ihnen sich umschaut, bin ich jedoch enttäuscht. Er ist älter als erwartet. Sein Gesicht ist zerfurcht, und er hat unebene, schadhafte Zähne.

Dass die Männer um diese Zeit im Bus Richtung Stuttgart sitzen, wo es keine Skigebiete gibt, wundert mich. Allerdings erinnere ich mich, dass sie mir vor kurzem schon einmal aufgefallen waren, unterwegs in die Gegenrichtung. Vielleicht kommen sie ja gerade von ihrem Skiurlaub zurück.

Mein Neffe streckt eine längliche Glas- oder Porzellanplatte nach hinten zu mir und bietet mit etwas an, das wie aufgeschnittene Zwetschgen aussieht, nur größer. Ich lehne dankend ab, da ich fürchte, dass sie weich, faserig und trocken sein würden. Er jedoch wäre sie gerne losgeworden. Seine Enttäuschung bemerkend sage ich unwillkürlich und unsinnigerweise:

«Armer Sascha!» Darüber lachen wir laut und herzlich.

Ich sitze auf einer langen Bierbank in der Mitte zwischen zwei Kolleg*innen, auf der einen Seite Ro, auf der anderen Ha. Eine weitere Kollegin steht neben der Bank. Vor mir auf dem Tisch liegt eine beschriebene Seite, ein Rollenspiel, aus dem ich vorlesen soll, ich gebe sie aber an Ro weiter. Auch er beginnt nicht mit dem Vortrag. Statt dessen wendet er sich mir zu und stellt mir eine Frage. Ich antworte nicht, beiße von einer halben Brezel ab und kaue.

Eine zweite Brezelhälfte, die aber nicht die andere Hälfte ist, liegt vor mir. Da wirft jemand ein weißes Pulver in eine große Schüssel mit Wasser auf dem Tisch. Es blubbert und kocht. Heißer Dampf steigt auf. Alle rufen durcheinander, erschrocken und verwundert. Ich sage ruhig:

»Wenn das Pulver Calciumoxid ist, also gebrannter Kalk, ist das zu erwarten.«

Nun flackern in der Schüssel niedrige, kalte, kurzlebige Flammen in lila, orangerot und gelb.[7] Das hätte ich nun auch nicht erwartet. Die Umsitzenden staunen und fragen nach der Ursache. Ich sage, dass in dem Calciumoxid wohl entzündliche Reste von elementarem Calcium gewesen sein müssen. Darauf weise die orange-rote Farbe einiger der Flämmchen hin. Die anderen Färbungen dagegen könnten auf

---

[7] Hierbei handelt es sich nicht um ein tatsächlich durchgeführtes Experiment. Die Beobachtungen und Erklärungen gehören der Traumwelt an.

vorhandene Alkali- und Erdalkaliionen zurückzuführen sein. Lila von Kalium, gelb-orange von Natrium.

Später sitzen wir auf einer Bierbank auf dem Marktplatz. Auf dem Tisch steht eine Platte mit Brezelhälften. Auf dem Platz sieht man auffällig viele Männer in abgetragenen Jacketts und Hosen und mit einem Jagdgewehr über der Schulter oder in der Hand. Einige stehen in Gruppen zusammen, andere gehen Alltagsgeschäften nach. Sie sind auf dem Weg in einen der Läden, ins Rathaus oder zu einer Bank. Es ist wie in einer Stadt im Wilden Westen. In der Annahme sie seien verkleidet wie es an Fastnacht Brauch ist oder anlässlich einer Mottoparty oder einem Maskenball sage ich scherzhaft zu Ha:

»Stell dir vor, es wäre bei uns wirklich so. Jeder könnte mit einem Gewehr herumlaufen, und man könnte sich hin und wieder einen Hasen oder ein Reh für den Sonntagsbraten schießen.«

Ich stelle mir den knusprig gebratenen Hasen, aufgehängt an den Hinterläufen vor. Alle um mich herum reagieren empört und ungläubig. Die lassen sich leicht provozieren, denke ich und betrachte meine zwei Brezelhälften. Sie schmecken ein bisschen trocken.

Ich spiele ein Spiel auf einem Tablet. Der Mann neben mir auf dem Gangplatz schaut zu. Um die Handlung voranzubringen muss ich im Bild die am Bildschirmrand vorgegebene Figur anklicken. Ich zögere, obwohl ich sie sehe, lange genug, dass mein Nachbar sich bemüßigt fühlt, auf sie zu deuten. Ein schafähnliches Tier. Als ich es mit dem Zeigefinger berühre, geschieht aber nichts. Dann ändert sich auf einmal der Bildschirm. Ein Bild, das nichts mit dem Spiel zu tun hat, erscheint. Ich versuche, es weg zu klicken, um weiterspielen zu können, aber vergeblich.

Ob ich mich in meinen Nebensitzer verlieben würde? Er ist mir sympathisch. Jetzt steht er auf und gruschtelt in der Gepäckablage. Er suche nach einer Jacke, denn er brauche etwas zum Überziehen, wenn die Schnaken kommen, sagt er. Er ist fülliger als ich dachte.

»Schnaken?«, frage ich. »Im Ernst?«

Ich stelle mir die Situation vor.

»In Russland, vielleicht?«, füge ich hinzu und lache ungläubig. »Fahren wir denn so weit?«

Ob wohl etwas Geeignetes in meinem Koffer ist, etwas, das den ganzen Körper bedeckt, einschließlich Kopf? Mir fällt nur eine knielange blasslila Winterjacke ohne Kapuze ein, und ich finde sie nicht zweckmäßig, zu warm auch.

Inzwischen geht es nur noch extrem langsam voran. Der Zug kommt fast zum Stehen. Nun fährt er in einen Drogeriemarkt ein und die Wagen sind nach oben und nach den Seiten offen. Man könnte sich beim langsamen Hindurchfahren irgendetwas greifen, Tempos, zum Beispiel, denn in der halbzerrissenen Plastikhülle auf meinem Schoß sind nicht mehr viele 10er-Packungen drin. Entschlossen, nicht gegen meine Prinzipien zu handeln, tue ich es aber nicht.

Raserei

Während ich mit dem Auto auf einer großzügig angelegten Straße durch einen Vorort fahre, sehe ich nur hin und wieder im Augenwinkel Fußgänger am Straßenrand. Erst als ich gerade noch ausweichen kann, um nicht eine Frau zu streifen, merke ich, dass ich viel zu schnell bin. Obwohl ich spüre, dass ich ins Schleudern gerate und das Fahrzeug nicht mehr unter Kontrolle habe, tue ich nichts, um das Tempo zu reduzieren.

Ein Besuch in Norwich   13. März

Ich sitze am Fuß eines Doppelbetts, das in dem relativ kleinen Schlafzimmer fast den gesamten Raum einnimmt. Auf dem Bett sitzt ein junges Paar, das ich während meines Auslandssemesters an der University of East Anglia in Norwich kennen lernte. Tatsächlich müsste sie jetzt mittleren Alters sein wie ich und der Mann ein paar Jahre älter.

Irgendwann im Verlauf des Gesprächs frage ich nach unseren gemeinsamen Bekannten. Er sagt, er habe lange nichts mehr von ihnen gehört. Die junge Frau scheint überhaupt keine Ahnung zu haben, wovon wir reden. Um ihre Erinnerung wach zu rufen und den möglichen Verdacht zu zerstreuen, ich könnte es auf ihren Mann abgesehen haben, erzähle ich von meinem Aufenthalt in Norwich vor mehr als 30 Jahren. Damals nahm ich an den Proben und an ein paar Aufführungen der Country Dancing Society teil. Ein paar Jahre später war ich noch einmal während eines Aufenthalts in London übers Wochenende in Norwich zu Besuch. An einem der Abende traf ich mich mit ihnen und ein paar anderen Mitgliedern, mit denen ich mich gut verstanden hatte.

Ich hoffe, dass ich meinen Besuch bei dem Paar nun ausreichend erklärt habe. Aber obwohl der Mann ein langjähriges engagiertes Mitglied der Country Dancing Society war, hat er keinen Kontakt mehr zu unseren gemeinsamen Bekannten. Er hat sie aus den Augen verloren. Das finde ich seltsam.

Nach einer Probe

Bei einer Probe für ein Konzert mit meinem ehemaligen Musiklehrer Herr D, der so jung ist wie zu meiner Schulzeit, üben wir eine mehrstimmige Liedstrophe ein. Die anderen Mitwirkenden sind H, eines unserer Kinder und ein Kind von D. Es gelingt nicht gut, aber mir gefällt meine Stimme, vor allem, wenn ich die ersten Takte singe, die über die mittlere hinaus in höhere Tonlagen führen. Ich hätte mir das gar nicht zugetraut und hoffe, dass Herr D bemerkt, dass ich talentiert bin und eine schöne Stimme habe.

Herr D ist jedoch vor allem unzufrieden mit unserer Leistung, und da die Aufführung schon bald stattfindet, schlägt er vor, dass wir noch bis Freitag bleiben, also noch weitere zwei Tage. Ich lehne den Vorschlag spontan ab, wohl wissend, dass H und unser Kind nach dieser Probe nach Hause wollen, es aber nicht laut sagen würden.

Nun sitzen wir im Zug und fahren durch ein ländliches Gebiet. Es regnet stark. Die Tropfen rinnen ruckartig, schräg an den Fenstern herunter. Die Felder stehen teilweise unter Wasser. Zwischen mit Sträuchern bewachsenen Ufern windet sich ein Fluss mit so starker Strömung, dass das Wasser an den Steinbrocken in seinem Bett bricht und mit weißen Schaumkrönchen an der Oberfläche weiterstrudelt.

»Wie gut der Regen riecht, ein Frühlingsregen«, sagt jemand. Ich atme tief ein, um es auch ganz bewusst wahrzunehmen.

Ein Vorfall im Foyer

Nach einem Konzert verlasse ich mit Freunden, einem Paar, den Saal. Während wir die Eingangshalle Richtung Garderobe durchqueren, erklärt er ihr die Welt. Ich höre ihn sagen, dass es schon einmal vor sehr langer Zeit eine russische Revolution gegeben habe. Als ich zu ihr hinüberschaue, bemerke ich, dass es ihr nicht gut geht und dass es kritisch wird. In diesem Moment erbricht sie sich auf der Stelle. Auf dem Boden bildet sich eine Lache. Der Geruch dringt schon in meine Nase. Er bleibt bei ihr stehen, etwas hilflos, während ich ungerührt weitergehe, zur Garderobe.

Dort leihe ich mir eine Putzausrüstung mit Schrubber, Eimer und Putzlappen aus. Die Garderobenfrauen bestehen darauf, dass ich für meine Arbeit bezahlt werde, schreiben meine Daten auf und den Beginn meiner Arbeitszeit. Ich soll meinen Stundenlohn nennen.

»13 €«, sage ich versuchsweise, jeder Zeit bereit, weniger zu akzeptieren, um möglichst bald mit meiner Ausrüstung zum Unglücksort zurückkehren zu können.

Die falsche Zeit

»… dass sie ausgerechnet jetzt schwanger werden muss!« sagt eine Frau zu einer anderen Frau, mit sachlicher keinesfalls vorwurfsvoller aber auch nicht teilnahmsvoller oder wirklich erstaunter Stimme.

Ein verfängliches Foto   16. März

Ich sitze mit H und einem Kollegen zusammen um einen Tisch. Mitten in unserem Gespräch hat letzterer auf einmal einen Ordner mit Fotos vor sich liegen. Das oberste Bild ist ein intimes Foto von H und mir. Der Kollege behauptet, ich habe ihm die Bilder mit einer E-Mail geschickt. Ich bin im tiefsten Inneren entsetzt. Niemals hätte ich so etwas getan, aber der Beweis liegt wohl auf dem Tisch. »Warum hat er die Bilder überhaupt abgeheftet?« frage ich mich, habe aber keine Idee, wie mich das entlasten könnte. Ich fürchte, es wird unmöglich sein, H von meiner Unschuld zu überzeugen.

Hungrig

Ich gehe die Stufen im Treppenhaus eines Gründerzeithauses hinunter und auf den Gehweg. Am Straßenrand steht der blaue Minibus meines Nachbarn. Die Schiebetür an der Seite ist offen. Er bietet Baguette und rote Würste an. Ich freue mich, denn ich bin hungrig und reiße mir ein ordentliches Stück von der hingehaltenen Stange ab. Da es mir immer noch zu klein erscheint, nehme ich mir noch ein kleineres Stück dazu und hoffe, dass das nicht gierig wirkt.

Nun fehlt noch die Wurst. Ich rieche nichts und bin noch mehr enttäuscht, als ich keinen Grill entdecken kann. Dann der Aha-Effekt. Aus einem Wasserkocher dampft es. Ich öffne ihn und nehme eine Wurst heraus. Es gelingt mir, das größere Stück Brot, das ich in der linken Hand halte, mit den Fingern der rechten Hand zu öffnen, ohne dabei das kleinere Stück Brot fallen zu lassen. Leider zerfleddere ich es dabei so sehr, dass es wie eine zerklüftete Höhle aussieht. Endlich kann ich die dicke rote Wurst hineinlegen und den Weg für den nächsten Kunden frei machen.

Ein Spektakel

Ich betrete einen Park. Rechts vor mir ist ein kuppelförmiger, oben platter Hügel, um den herum sich eine

Menschenmenge angesammelt hat. Auf der mit einem Maschendrahtzaun umgebenen Bühne stehen einige Personen in einer Reihe nebeneinander. Der Anlass ist eine Siegerehrung nach einem Bierwettbewerb. Ein junger Mann mit einem Pferdeschwanz steht winkend und jubelnd auf dem Siegertreppchen und bekommt von den Zuschauern Applaus. Auf einmal springt er aus dem Stand kraftvoll ab und zieht dabei die Knie nach oben, schafft es aber nicht, den Zaun zu überwinden. Nun wirft er sich mit dem Mut der Verzweiflung gegen den Zaun und erklettert ihn mühsam, denn er gibt unter ihm erst in die eine, dann in die andere Richtung nach. Als er schließlich rittlings auf ihm sitzt, ist sein Gesicht von dem gegen sein Gesäß gepressten dünnen Draht schmerzverzerrt. Ich schwanke zwischen Mitleid und Zweifel. Seine Verrenkungen haben durchaus etwas Komisches. Ist es vielleicht nur Show?

Nun lässt er sich auf die Zuschauerseite fallen. Wieder auf den Beinen dreht er sich Schwung nehmend um seine eigene Achse und wirft einen Gegenstand in Richtung eines mit Buschwerk überwucherten Teils des Parks. »Also doch ein Artist«, denke ich. Der Gegenstand kommt mit einem dumpfen, dunkel vibrierenden Schlag auf dem Boden auf. Darauf steigt eine Lichterscheinung auf, die die Form eines großen Tackers hat.

Der Mann steckt die Hand noch einmal in die Tasche und schleudert erneut etwas von sich. Diesmal sind es kleinere Feuerwerkskörper. Leuchtkugeln steigen auf und hängen einen Moment still unter der Wolkendecke.

In Spanien 24. März

Das Mietauto fährt durch eine steinige, trockene Landschaft. Auf dem Beifahrersitz ist so wenig Platz, dass ich bei fehlender Tür halb auf der Seite heraushänge. Mein Ziel ist die Grabstätte von Luana und Maria[8], neben der eine Gedenktafel vom Schicksal der beiden erzählt.

Nach dem Besuch der Grabstätte werde ich in einen Saal geführt, in dem ein dem Andenken der beiden Frauen gewidmeter Verein versammelt ist. Jemand reicht mir ein Mikrofon, und ich spreche spontan hinein.

»Thank you for the music«, sage ich. Alle lachen.

Der Berechtigungsschein 26. März

Im Schulzentrum in St. Georgen oder am Ludwig-Uhland-Gymnasium in Kirchheim gehe ich als ältere Schülerin, die Treppe hinunter, Papierabfall in der

---

[8] Die beiden sind ein Produkt meiner Traumfantasie.

Hand. Der Hausmeister kommt mir entgegen. Er trägt einen Mülleimer vor sich her. Als ich mein Papier hineinwerfen möchte, hält er ihn so hoch, dass er außerhalb meiner Reichweite ist und erklärt, ich müsse zuerst den Berechtigungsschein zeigen. Ich ärgere mich, hauptsächlich über mich selbst, weil ich ihn mir längst hätte besorgen sollen. Also gehe ich mit zum Hausmeisterkiosk, fülle den Schein an der Durchreiche aus und hinterlege Geld als Pfand.

Nun kann ich meinen Müll abgeben. Außerdem kaufe ich noch ein Käsebrot. Als ich es entgegennehme, bin ich erstaunt über die orangene Farbe sowohl des Käses als auch des Brots und enttäuscht darüber, wie klein es ist, nur etwa ein Drittel einer Scheibe, das hintere runde Ende. Sehr wenig für mein Geld, denke ich, will aber nicht unhöflich sein und widerstehe daher dem Impuls, eine kritische oder ironische Bemerkung zu machen.

Mit dem Brot gehe ich in die Mensa. Dort sehe ich an einem Tisch schon meine Freundin sitzen, ein Spiegelei vor sich. Ich bin überrascht und freue mich, dass sie für mich auch eines besorgt hat, fürchte aber, dass mein Brot und das Ei zusammen jetzt eher etwas zu viel sind.

Schuldgefühle

In einem Schulgebäude mit einer offenen zentralen Treppe. Auf dem oberen Treppenabsatz liegt etwas auf dem Boden, irgendein Stück Papier. Beim Näherkommen sehe ich, dass es ein Briefumschlag ist. Ich bin froh und erleichtert, ihn wiederzufinden. Er war mir wohl unbemerkt heruntergefallen. Ich bücke mich, hebe ihn auf und mache mich gleich wieder auf den Weg treppab.

Während ich mich aufrichte, sehe ich eine Kollegin die Treppe hinauf auf mich zukommen. Unsere Augen begegnen sich unvermittelt, und ich fange einen vorwurfsvollen Blick auf, der ein Schuldgefühl auslöst. Es durchströmt mich wie eine heiße Welle. Ich gehe aber an ihr vorbei, ohne anzuhalten.

Putzaktion   28. März

Eine Putzaktion in unserem Haus in St. Georgen, eigentlich in einem viel größeren Haus. Wir sind viele Helfer und fast fertig. Ich bin im Treppenhaus im Erdgeschoss und sehe, dass noch loser Dreck auf den untersten beiden Stufen liegt.

»Ich übernehme das«, sage ich zu R, die von oben herunterputzt, Diensteifer zeigend. Sie hört mich jedoch nicht, oder warum macht sie sonst bis ganz unten weiter? Ich stehe da und fühle mich zu Unrecht

übergangen. Es schmerzt, aber ich sage nichts, weil
sie meine Vorgesetzte ist.

Ein Ende

Ich schaue aus dem Dachfenster des Hauses in St.
Georgen übers Brigachtaltal zu der waldigen Anhöhe
über Peterzell. Wolken sind aufgezogen, und es ist
dunkel wie am Abend. Dabei ist es erst Mittag. Zur
Sicherheit schaue ich auf einer Uhr nach.

Ich bin auf dem ausgebauten Dachboden, der ganz
in helles Holz gefasst ist, ein geräumiger, freundlicher
Ort mit einer Sitzgruppe in der Mitte, sonst nur spar-
sam eingerichtet. Dort, auf dem kleinen runden Tisch-
chen liegt ein quadratischer Bildband über den
Schwarzwald mit einem Schwarzwaldbauernhaus
auf der Titelseite. F gefielen die darin abgebildeten
Landschaften sehr. Ich hätte nicht erwartet, dass er
das Buch jetzt schon zurückbringt. Hat er wirklich
eine andere Freundin? So gut wie ich ihn mittlerweile
kenne, könnte ich doch eine gute Partnerin sein. Vielleicht bilde ich mir den Anflug von Bedauern und die
Zuneigung in seiner Stimme und seinem Auftreten
gerade nur ein.

Sonntag

An einem sonnigen warmen Sonntag machen Wolf-
gang, die Kinder, die im Teenageralter sind, und ich
eine Radtour. In einem Gasthaus auf dem Land wollen wir Mittag essen. Es ist nicht mehr weit. Wir fahren gerade die Dorfstraße entlang durch eine Neun-
ziggradkurve und lassen die Brücke über den Fluss
rechts liegen. Am Ende der Kurve sehen wir das Gasthaus direkt vor uns. Wir sind angekommen.

Durchwachte Nacht   29. März

Ich quäle mich in der Nacht mit Schmerzen im linken
Hüftgelenk und im unteren Rücken. Dazu halten
mich Gedanken über ein bevorstehendes Gespräch
mit zwei Müttern wach. Schließlich muss ich doch
eingeschlafen sein. Beim Aufwachen sehe ich das ver-
schmitzt lächelnde Gesicht meines Vaters vor mir und
fühle mich gestärkt.

Ein geheimnisvolles Auto   2. April

Aus einer Tiefgaragenausfahrt taucht eine große schwarze Limousine vom Typ eines übergroßen Londoner Taxis auf und gleitet bergauf Richtung Straße. Ich warte mit anderen zusammen vor den rot-weißen Bändern, die den Gehweg sperren, wo die Ausfahrt ihn kreuzt. Dort steht auch ein Polizist oder ein Wachmann. In dem Auto würden Brieftauben transportiert, höre ich es um mich herum raunen. Es heißt, es gehöre einem Russen, so andere, aber das mit den Brieftauben sei wahrscheinlich erfunden.

Englischunterricht

Ich stehe an der Absperrung und bin ungeduldig, denn meine Schülerinnen und Schüler warten auf einem Platz auf der anderen Seite. Dort soll ich Englischunterricht geben. Dabei bin ich unvorbereitet, kenne das Buch und den Text nicht und auch die Gesichter und Namen der Schüler sind mir unbekannt. Es ist mir zutiefst peinlich, dass ich auf sie zeigen und sie mit »Ja!« aufrufen muss, denn ein Mitglied des Schulleitungsteams ist anwesend.

Der Text ist ein schwieriges Gedicht, auch mir rätselhaft. Ich versuche trotz allem, die Situation unter Kontrolle zu behalten, indem ich einzelne Schülerinnen laut vorlesen lasse, aber sie stocken und verhaspeln sich ständig. Sie haben solche Mühe und brauchen so viel Zeit, dass wir über die ersten Zeilen nicht hinauskommen, bevor die Stunde zu Ende ist.

Das passende Outfit April 3

Es ist Zeit, zu einem Konzert aufzubrechen, an dem ich, eine junge Erwachsene, mitwirke. Ich unterbreche also meine Arbeit am Schreibtisch, räume die Notizen zusammen und stelle den Ordner in den Schrank.

Die Zeit läuft. Ich muss mich noch umziehen. Am Ende stehe ich in T-Shirt und sehr kurzer Sporthose da. Werde ich so auftreten? Ich finde mein Outfit seltsam und peinlich.

Auf dem Weg zur Tür will ich noch ganz schnell aus dem Schrank ein Doppelrohrblatt greifen für alle Fälle, falls ich Oboe spielen soll, kann aber in der Eile keines finden und habe das Stück ja sowieso nicht geübt. Es würde keinen Sinn machen mitzuspielen, wenn ich bei den Proben nicht dabei war. Sie würden ohne mich auskommen müssen.

Wir, Mama, J und ich, fahren im Aufzug ins Erdgeschoss des Mehrfamilienhauses und gehen zur Straßenbahnhaltestelle, die an einer breiten Allee liegt. Wir leben also in einer Großstadt, in Dresden vielleicht. Dort angekommen entscheide ich, dass ich in meinem Outfit nicht ins Konzert kann — der Veranstaltungsort ist eine neugotische Kirche ähnlich der Lorenzkirche in St. Georgen — und überrede Mama und J allein mit der Straßenbahn loszufahren.

In unserer kleinen Seitenstraße angekommen, lasse ich wie eine Fremde meinen Blick an der hässlichen Fassade aus verwittertem Beton entlang schweifen, unsicher, welchen Eingang ich nehmen muss. Den hinteren, die 7, am ersten, der 5, vorbei, erinnere ich mich nun. Der Aufzug im Erdgeschoss ist hinter einer verspiegelten Wand, erklärt mir jemand. Da es keine Bedienknöpfe gibt, muss man warten, bis er kommt. Die Tür öffnet sich dann automatisch. Die Zeit läuft. Pünktliches Erscheinen in der Kirche ist jetzt kaum noch möglich.

Schließlich habe ich mich umgezogen. Jetzt bin ich im weißen T-Shirt und rotem, farbig gemusterten Rock. Da der Schnitt nicht zu meinem Körperbau passt, hängt er wie ein Sack auf meinen Hüften. Ich fühle mich aufgeplustert darin, sage mir aber, dass es jetzt gut sein muss. Auch J ist auf einmal wieder da. Sie ist in Farben und Stil ganz ähnlich gekleidet, und wir machen uns ein zweites Mal auf den Weg zur Straßenbahnhaltestelle.

Plötzlicher Tod

Mama kommt in unsere Wohnung im Erdgeschoss und sagt mir, dass Oma gestorben sei. Es kommt ein bisschen überraschend, obwohl sie, wie ich mich auf einmal erinnere, bei einem Unfall so schwer verletzt wurde, dass zu erwarten war, dass sie es nicht überlebt.

Anruf zu Hause   4. April

Während eines Urlaubs in England rufe ich, etwa 18 Jahre alt, zu Hause an. Oma nimmt den Hörer ab. Durch ausgedehntes Schweigen vor kurzen, zögerlichen Antworten signalisiert sie unmissverständlich, dass ich mich viel zu lange nicht gemeldet habe. Es stimmt, und es bedrückt mich. Mehr als zwei Wochen habe ich nichts von mir hören lassen. Trotzdem entschuldige ich mich nicht, sondern rede weiter als hätte ich nichts bemerkt.

Zwischenmahlzeit

In der Küche. Auf der Arbeitsfläche vor mir liegt ein Rest von der dicken gebogenen Seite einer Brezel. Ich schaue im Kühlschrank nach Butter und Aprikosenmarmelade.

Wiedersehen

Es ist Sommer. Nach einer Pause auf einem kuppelartigen Berggipfel beginne ich den Abstieg auf einem Serpentinenpfad. Dabei begegne ich einem Mann mit einem ausladenden grau-weißen Vollbart im runden Gesicht. Sein Kopf ist von einem grau-weiß melierten Haarflaum umrahmt. Meine Augen bleiben an seinem Gesicht hängen und mich durchströmt ein freudiges Gefühl des sicheren Wiedererkennens. Ein Bekannter aus Freiburg. Wer und was genau er war, will mir jedoch beim besten Willen nicht einfallen. Meinen Gruß erwidert er nicht, als ob ich ihm völlig fremd sei.

Segeln

Es ist der letzte Tag in einem Ferienhaus an einer Bucht irgendwo am Meer, wo ich ein paar Tage mit einer Freundin verbracht habe. Wolken sind aufgezogen. Ich stehe am Strand. Der Wind zerrt an meinen Kleidern, die Flut kommt gerade mit einer heftigen Brandung herein. Vor mir liegt ein Boot im nassen Sand. Darin ist ein alter Holzpfosten aufgestellt, ein provisorischer Mast, an dem ein großes Tuch flattert. Wenn wir es nur ordentlich befestigen, hätten wir ein Segel und könnten schnell und mühelos mit dem Boot übers Meer fliegen. Aber das Tuch ist zu weich, kein richtiges Segeltuch. Es flattert weiter wild im Wind, und ich schaffe es nicht, es einzufangen und festzuzurren.

Meine Freundin, auf deren Hilfe ich zählte, geht gerade in einiger Entfernung vorbei, ohne mich zu beachten, und ich bemerke, dass sie stämmig geworden ist. In der Leggings erscheinen ihre Oberschenkel dick und unförmig. Sie hat aufgehört, regelmäßig zu joggen, fährt es mir durch den Kopf. Vielleicht hat sie deshalb ihr sportliches Aussehen verloren.

Aktivistin   8. April

In einem Stadion irgendwo in Polen findet ein Kongress zur Förderung des Demokratiebewusstseins statt. Dort an einem Stand halte ich eine Präsentation über die Brennstoffzellentechnologie und die Gewinnung von Wasserstoff durch Elektrolyse aus Wasser. Da ich ganz in mein Thema vertieft bin, beginne ich erst allmählich wahrzunehmen, dass in meinem Umfeld eine feindliche Stimmung aufkommt und bin froh, als mir Männer in dunkelgrünen Trainingsjacken mit schwarz-weißem Besatz ihren Schutz anbieten und mich durch die Menge hindurch aus dem Stadion hinausbegleiten.

Beim Bäcker   9. April

Vor mir an der Theke beim Bäcker stehen Kunden. Sie versperren den Blick auf die dort ausliegende Bildzeitung, deren Schlagzeile ich lesen möchte.

Hintendran   10. April

Ich halte mich bei der Bergstation eines Lifts oder einer Seilbahn auf. Die umgebende Hochgebirgslandschaft ist tief verschneit und in Nebel gehüllt, der die Loipe, die sich vor mir erstreckt, nach ein paar Metern verschluckt. Die zwei kleinen Mädchen laufen schon los. Ich aber finde es mühsam, meine Sachen zu sortieren. Nachdem ein Kollege an mir vorbeigelaufen ist, gebe ich mir einen Ruck und, entscheide, ein paar kleine Gegenstände, die nicht mir gehören, auf die Seite in den Schnee zu legen. Dabei bin ich mir bewusst, dass die Besitzer wahrscheinlich gar nicht daran vorbeikommen werden. Aber nachdem ich die Skier angezogen habe, kann ich nun endlich auch loslaufen.

Nonnen

Es ist an einem sonnigen Sonntagvormittag im Sommer. Die Glocken der Dorfkirche läuten zum Gottesdienst. Ich stehe bei einer Fußgängerbrücke, die über einen schmalen Fluss führt, als auf einmal zwei junge Frauen in schwarz an mir vorüber gehen. Nonnen auf dem Weg in die Kirche, denke ich. Es konnten keine evangelischen Schwestern sein, da diese ja in lange graue Kleider gehüllt sind mit einem weißen Häubchen auf dem Kopf. Bei genauerem Hinsehen fällt mir auf, dass eine der Frauen einen sehr kurzen Rock mit eingesetzter Spitze trägt. Eine schwarze Nylonstrumpfhose bedeckt ihre langen, schlanken Beine. »Eine modebewusste Nonne«, denke ich, erstaunt darüber, dass sie sich offensichtlich diese Freiheit nehmen kann.

Urlaubspläne

Ich sitze auf einer Seite eines großen Raumes auf dem Boden und lehne mich gegen die Wand. H und sein Bruder tuscheln miteinander auf der anderen. In ängstlicher Anspannung warte ich auf ihr Urteil, hoffend, dass sie mir verzeihen werden.

Endlich wendet sich der Bruder an mich. Er sagt, er würde mit H im Sommer eine Tour durch bekannte bayrische Ortschaften machen – er zählt einige auf, darunter Oberammergau — und ob ich mitwolle. Ich verspüre unwillkürlich ein Widerstreben gegen den Plan. Er erscheint mir ungeheuer langweilig. Trotzdem liegt Begeisterung in meiner Stimme als ich ohne Zögern zusage.

»Lech am Arlberg kenne ich«, sage ich, schon wissend, dass das in Österreich ist. »Dort ist es wunderschön. «

Eine Hochgebirgslandschaft mit verschneiten Berggipfeln steht mir vor Augen. Ein schmaler Weg, der sich durch Bergwiesen hinaufschlängelt über die hier und da Felsbrocken hingestreut sind. Ich möchte eintauchen in diese Landschaft.

»Man kann mit dem Auto hochfahren und dort spazieren gehen«, sage ich, den Einwand vorwegnehmend, es solle nicht zu anstrengend oder anspruchsvoll sein. Dabei widerstehe ich der Versuchung, mich über die Bequemlichkeit meiner männlichen Begleiter lustig zu machen, denn ich bin über ihre Nachsicht erleichtert. Außerdem vermute ich, dass der Bruder hinter der coolen Oberfläche seine Befürchtung verbirgt, nicht fit genug zu sein. Mir ist klar – und das ist der Haken an der Sache — dass ich meine Unternehmungslust und meinen Abenteuergeist würde zügeln müssen.

Wer ist zuständig? April 11

Zum Programm des diesjährigen Betriebsausflugs gehört eine Führung durch ein Museum. Ich erfahre, dass es hierfür ein früheres und ein späteres Angebot gibt und schaue mich suchend nach einer zuständigen Person mit einem Clipboard um, bei der man sich eintragen muss. In der Tür des Museumsgebäudes erscheint Re. Sie kommt in den Hof zu uns, aber es erscheint mir unwahrscheinlich, dass sie die gesuchte Kontaktperson ist. Etwas weiter weg sehe ich Ma, der Ans Rücken als Unterlage zum Schreiben benutzt. Das wird sicher nicht die Teilnehmerliste sein, denke ich.

Ein steiler Berg

Wir laufen auf Inlinern los. S sagt, Lisa, ihre 9-jährige Enkelin, die ich dann auch im Augenwinkel hinter mir sehe, könne es aber schon gut.

»J auch«, erwidere ich, bemerke aber erst nachträglich, dass sie Fahrrad fährt. Ich lasse Lisa und J an mir vorbeifahren. Der Weg, der schon seit einer Weile ansteigt, wird immer steiler. S fordert mich heraus.

»Du schaffst es nicht, bis oben zu skaten«, sagt sie.

Mit der Zeit wird es schwerer, den Schwung für den Aufstieg zu behalten, aber ich strenge mich an. Mein Blick ist auf den Weg vor mir gerichtet, von dem mir Blätter in leuchtendem Gelb, Orange und Rot entgegen leuchten, einander nicht berührend und noch nicht von Fußtritten beschmutzt oder beschädigt als wären sie gerade erst gefallen.

Schließlich geht mir doch die Kraft aus, und ich muss mühsam Schritt für Schritt weiter hinaufsteigen.

Das richtige Medikament

Auf einem Betriebsausflug. Der Weg verengt sich und zwingt uns, in Paaren weiterzugehen. Mein Gesprächspartner erzählt mir von einem Medikament, das er genommen hat. Er werde es nie mehr tun, sagt er, denn nach einer halben Stunde sei er total zerschlagen gewesen.

Auf einmal habe ich zwei Fläschchen mit Tropfaufsatz in der Hand. Da die Deckel fehlen, achte ich darauf, sie nicht zu kippen. Mir ist nicht klar, was ich mit ihnen machen soll und ob eines davon mein Medikament ist. Schließlich probiere ich das, von dem mein Kollege wahrscheinlich gesprochen hat und warte. Ob es wohl auf mich genauso heftig wirken wird?

Vor dem Pferderennen   13. April

Ein Mann betritt die Reithalle durch die Seitentür. Die Tür schließt sich hinter ihm. Nach einer Weile sehe ich ihn aus dem Stall auf der anderen Seite der Halle herauskommen, ein Pferd am Zügel. Auf dem Pferd sitzt ein Jockey mit leuchtend goldgelbem Wams. Hinter ihm geht ein zweiter Mann mit Pferd, dahinter noch einmal ein Mann mit Pferd und Jockey.

Ich bewundere den ersten Mann, der sich aus einfachen Verhältnissen hochgearbeitet hat. Der dritte hatte schon ein Familienvermögen. Es ist nicht sein eigener Verdienst, dass er mit einem Jockey an dem Rennen teilnehmen kann. Der Mann in der Mitte wiederum ist sozial abgestiegen. Er kann sich keinen Jockey mehr leisten und reitet im bevorstehenden Wettkampf das Pferd nun selbst.

Wir bekommen zwei Sätze mit Aufgaben, der eine in einem blauen, der andere in einem roten Buch. Dazu gibt es je ein Heft in der passenden Farbe, in das wir die Lösungen eintragen sollen. Wir dürfen aber nur den Satz bearbeiten, der uns vor Beginn der Prüfung zugewiesen wurde. F schreibt auch mit, obwohl er nicht in meinem Jahrgang in St. Georgen war.

In einem Anflug von draufgängerischer Unbekümmertheit beginne ich bewusst mit dem blauen, dem falschen Aufgabensatz, in der Annahme ich könne ja später noch zum richtigen wechseln. Ich arbeite konzentriert, bin mir sicher, dass meine Lösungen stimmen und komme gut voran. Jedes Mal, wenn ich an meine eigentlichen Aufgaben denke, verschiebe ich den Moment, mit ihnen anzufangen. Als ich mir schließlich doch einen Ruck gebe, ist nur noch eine halbe Stunde bis Prüfungsschluss übrig. Ich weiß, dass das nicht ausreicht, aber ich hoffe mit der gleichen Konzentration wie bisher ein gutes Stück weit zu kommen.

Nach dem ersten, leichten Teil verheddere ich mich jedoch bald und habe zunehmend Schwierigkeiten. Jetzt kämpfe ich so sehr mit einer Aufgabe, dass ich aufgebe und mit der nächsten weitermache. Diese kann ich jedoch auch nicht lösen. Ich bin zerstreut und genervt. Nun habe ich auch noch das rote Aufgabenbuch verlegt, und auf einmal bin ich gar nicht mehr im Prüfungsraum, sondern in einem schlauchartigen, engen Raum an einem langen Schreibtisch, der mit viel Material bedeckt ist. Neben mir sitzt eine meiner älteren Schülerinnen. Sie rückt immer näher an mich heran, so dass ihr Arm meinen berührt. Ich will nicht, dass sie bei mir abschreibt und drücke sie genervt mit Arm und Schulter weg.

Nun ist die Arbeitszeit zu Ende, und ich habe nur beklagenswert wenige Ergebnisse. Das wird eine schlechte Note geben, wo ich doch wenigstens eine solide gute Leistung hätte abliefern können. Na ja, das Abi werde ich trotzdem bestehen. Die Klausurnote ist ja nur ein kleiner Teil vom Ganzen.

»Sollten wir unsere Prüfungsunterlagen nicht längst weggeschickt haben?« frage ich, aber meine Frage bleibt im Raum stehen. Da ist niemand, der sie beantworten könnte. Der Blick auf die Uhr hat mich daran erinnert, dass gleich das Klassenfoto gemacht werden soll. Ich lasse alles liegen und eile hinaus. Die erste Gruppe, an der ich vorbeikomme, ist jedoch meine Großfamilie mit vielen älteren Erwachsenen in Festtagskleidung, unter ihnen Mama in ihrem gelb-grau-weiß karierten Sommerkostüm. Was wohl der Anlass für diese Versammlung ist? So unauffällig wie möglich schleiche ich mich hinter ihnen vorbei, denn ich möchte nicht zu spät zum Foto mit meiner Abschlussklasse kommen.

Die nächste Gruppe ist tatsächlich meine Abiklasse, schon zum Foto aufgestellt. Ich bin erleichtert, sehe jedoch beim Näherkommen, dass sich einige aus der Gruppe lösen. Wurde das Foto schon ohne mich gemacht? Das täte mir wirklich leid.

Ende des Sommers   15. April

In einer sehr dunklen fast schwarzen Nacht fahre ich
mit dem Fahrrad am Klosterweiher vorbei. Nur ein
schwacher Lichtschimmer liegt auf der Wasserober-
fläche. Der Sommer ist vorbei, und ich bedaure es
nicht, dass das Wasser nicht mehr warm genug zum
Schwimmen ist.

Bruder und Schwester

In St. Georgen in meinem Zimmer. Ich liege in meinem Bett, den Laptop offen vor mir. Da höre ich ein
Knacken und Knarren über mir. A hat sich im Büh-
nenraum über mir ins Bett gelegt. Dabei hätte ich so
gerne meine Ruhe gehabt.

Auf einmal ist keine Zimmerdecke mehr zwischen
uns. Er ist im oberen Teil meines Stockbetts, zu nah.
Es nervt, aber mir ist klar, dass ich es aushalten muss.

Jetzt liegt er sogar neben mir im Bett. Ich wollte eigentlich noch meine E-Mails abrufen, lasse es nun
aber, weil er den Bildschirm sehen kann und schließe
den Laptop. Ich drehe mich von ihm weg auf die linke
Seite, um klar zu machen, dass es Zeit zum Schlafen
ist, kann mich aber nicht entspannen, denn er ist sehr
unruhig und gruschtelt auf dem Boden vor dem Bett
herum, einmal, so vermute ich, um eine nasse Bade-
hose zum Trocknen aufzuhängen.

Mittlerweile muss ich doch geschlafen haben. Als ich ihn wieder vor dem Bett herumhantieren höre, meine ich, es wäre noch mitten in der Nacht, so übernächtigt und genervt fühle ich mich. Tatsächlich ist es aber Tag. Seine kleine Tochter kommt angewackelt. Sie ist vielleicht zweieinhalb Jahre alt und hat eine Windel über dem Po.

In der Spielzeugabteilung

Nun sind A und ich mit unseren Kindern, M und C, in einem Kaufhaus. Als ich sie so zusammen sehe, fällt mir auf, wie klein M noch ist. Obwohl im gleichen Alter wie ihre Cousine wirkt C älter und reifer.

Wir sind in der Spielzeugabteilung zwischen den großzügig angeordneten Auslagen und Regalen. Spielzeuglandschaften laden zum Verweilen ein. C fragt, ob wir jetzt zum Puppenhaus gehen können. Ich bin bereit und froh darüber, ein Ziel zu haben. So machen wir uns durch die weiträumige Abteilung auf den Weg dorthin.

Tag der offenen Tür

Es ist Tag der offenen Tür am Unikrankenhaus in Stuttgart.[9] Führungen werden angeboten. Ich bin hingefahren und gehe jetzt auf einen Aussichtsturm zu. Von dort kommt mir eine geführte Gruppe entgegen. Ich höre, dass ihre nächste Station der Ausbildungsort für die Staatsexamenskandidaten ist. Da ich kein Ticket habe, zögere ich mich anzuschließen, aber ein Mann in einem Trenchcoat spricht mich an. Ich sähe wie eine Lehrerin aus. Also müsse ich mich für das Thema interessieren. Er ist ein lebhafter, windiger Typ, ein Wirbelwind, der hierhin und dorthin springt und irgendwie nicht zu fassen ist. Ich meine, er ist mir schon einmal irgendwo begegnet, und ich möchte ihn fragen, ob wir uns nicht kennen, aber er entzieht sich mir und eilt schon weiter.

Später steige ich zusammen mit einer asiatisch aussehenden jungen Frau den Aussichtsturm hinauf. Der Mann im Trenchcoat ist auch dabei. Das Gelände um uns herum ist ein englischer Garten, hügelig mit ausladenden alten Bäumen und einem weißen Pavillon mittendrin.

Beim Abstieg wird die Wendeltreppe immer enger, bis sie schließlich nur noch eine Röhre ist, aber aus rosaschimmerndem Plexiglas wie Rosenquarz. Sie ist so eng, dass ich in ihr einfach sanft hinuntergleiten kann. Während ich mich frage, ob die asiatische Frau sich

---

[9] Die Beschreibungen entsprechen nicht dem tatsächlichen Ort.

das auch traut, kommt sie schon unten an, und wir beschließen, uns in ein Café zu setzen.

Der windige Mann eilt voran. Ich beobachte, wie er draußen auf der Terrasse einen Kellner anspricht und nach jemandem fragt. Dann geht er auf einen jungen, dunkelhäutigen Mann zu, einem Schüler des Abijahrgangs, packt ihn mit einem Anfall von kraftstrotzendem Übermut beim Kragen und hebt ihn hoch, auf Augenhöhe und höher. Ich leide mit dem Opfer und frage mich, was diese, wenn auch mit Gutmütigkeit getarnte, Machtdemonstration wohl bedeutet. Der Mann im Trenchcoat scheint einer zu sein, der jeden kennt und alle für sich vereinnahmen will.

Trauerfeier   17. April

Einige Menschen sind schon in der modernen, geräumigen, hellen Kirche versammelt. Sie sitzen in den Kirchenbänken oder stehen herum und warten auf den Beginn der Trauerfeier für einen verstorbenen Kollegen. Ich gehöre zu einer Gruppe aus dem Kollegium, die von Schüler*innen verfasste Texte zum Gedenken an ihn vorlesen sollte. Ich frage mich, warum die Autor*innen ihre Texte nicht selbst vortragen können. Vielleicht sind sie zu traurig, zu erschüttert, vermute ich. Mir soll es recht sein. Im Grunde freue ich mich über diese Gelegenheit, meine Vortragskunst und meine schöne Stimme zur Geltung bringen zu können.

Der stellvertretende Schulleiter teilt die handschriftlich in verschiedenen Farben ganzseitig beschriebenen Blockblätter aus. Es sind so viele, dass ich denke: Das wird aber lange dauern. Ob das angemessen ist?

An der Tür zu einem großen Nebenraum, einem Foyer, von dem aus Gänge und Türen abzweigen, treffe ich auf eine Kollegin. Sie sagt, ich müsse erst eine der dort auf dem Tisch ausliegenden Tabletten nehmen, um sicherzustellen, dass ich keine Krankheit übertrage. Ich denke an ihre krebskranke Partnerin und schaue über den Tablettentisch. Dort sind Durchdrückstreifen ausgelegt, die aber nicht die von mir erwarteten kleinen, weißen Pillen enthalten. Noch mehr verwirrt mich, dass sie nicht nur eine Sorte, sondern sowohl gelbe als auch lila Kapseln enthalten. Ich suche nach Anhaltspunkten dafür, welche die richtigen sein könnten, indem ich Probestreifen gegen das Licht halte und mir das Pulver darin anschaue, komme aber zu keinem Ergebnis. Also drücke ich mir irgendeine in die Hand, nur um endlich zurückgehen zu können.

Wieder in der Kirchenbank höre ich aus dem Zusammenhang gerissen, wie eine Sprecherin den Namen meines Vaters nennt, als zitiere sie die Quelle für eine wichtige Lebensweisheit. Wie ist sie auf ihn gekommen und was genau hat sie von ihm aufgeschnappt? frage ich mich. Er war doch sein Leben lang ein einfacher Mann. Ich konzentriere mich, um mehr darüber zu erfahren. Vergeblich. Sie ist längst beim nächsten Thema.

Das Klohäuschen

C und ich gehen den Hang hinunter und machen einen Abstecher zu einem Klohäuschen. Es ist eng. Man muss sich durch einen schlauchartigen Aufgang aus gelbem Bauschaum hochquetschen. C benutzt mich als Räuberleiter, und es gelingt ihr, sich zur Kloschüssel hinaufzuhieven. Ich schaue ihren baumelnden Beinen nach bis sie nach oben verschwunden sind.

Nach einer Weile rutscht sie wieder herunter. Nun bin ich an der Reihe, aber meine Hände finden in dem Schlauch keinen Halt, und ich gleite immer wieder zurück. *Schließlich gebe ich auf, ratlos und niedergeschlagen. Wir haben unnötig viel Zeit verschwendet, scheint mir.*

Draußen sehe ich mich genauer um als vorher. Dabei entdecke ich weiter unten Klippen und dazwischen einen belebten Strand. Meine Stimmung steigt, und ich verspüre Unternehmungslust.

»Dort wollten wir doch hin. Wir müssen nur noch Papa abholen«, sage ich. Er sitzt ein wenig weiter oben am Hang und wartet schon ungeduldig. Wir erzählen ihm von dem Klohäuschen.

Ausgeschlossen

Wir übernachten in einem Hostel. Es ist Abend. Ich gehe die Stahltreppe hinunter ins Erdgeschoss und bin mir nicht ganz sicher, welche Tür in die Küche führt. Meine erste Wahl erweist sich jedoch als richtig. Dort sind H, C und drei junge Erwachsene damit beschäftigt gemeinsam zu kochen. Mir ist bald klar, dass ich ausgegrenzt werde. Ich spüre Ablehnung, ja sogar Verachtung im Verhalten der Anwesenden und fühle mich äußerst unwohl.

Schließlich nehme ich meinen Mut zusammen und frage, warum sie mich abends, wenn sie ausgehen, nicht mitnehmen. Einer erklärt, dass sie neulich zu einem auf Tschechisch gehaltenen Vortrag mit einer Sprachwissenschaftlerin eingeladen waren. Sprachwissenschaften würden an der Uni *ubikund*[10] gelehrt. Das bedeute, dass man nach den Prinzipien suche, die Sprachen gemeinsam hätten. Deshalb hätten sie unbedingt teilnehmen müssen. Mir ist klar, dass es sich um eine Ausrede handelt, denn er hat meine Frage gar nicht beantwortet. Und was war mit all den anderen Abenden, an denen sie etwas zusammen unternommen hatten?

---

[10] Ein Fantasiewort.

Frühstück im Jugendhaus

Auf dem Weg zur Schule im Zentrum der kleinen Stadt mache ich einen Abstecher zum Jugendhaus am Ortsrand. Ich habe eine Kirschtorte von Mama dabei, von der aber nur noch ein mittlerer Teil übrig ist. Ich erwarte L, der dann auch kommt, und esse zum Frühstück vom Kuchen. Er schmeckt ausgezeichnet. Trotzdem kann ich mich nicht so recht freuen, denn L hat dankend abgelehnt, als ich ihm davon anbot. Als ich mein Gesicht dem seinen annähere, um ihn zum Abschied zu küssen, kommt dies für ihn überraschend, und es wird nur ein sehr flüchtiger, misslungener, kalter Kuss.

Die Umgebung ist von Schnee eingehüllt. Am Ortseingang muss ich einen Wachtposten passieren. Es liegt so viel Schnee auf dem Gehweg, dass ich auf meinen Schuhen zur Schule hinunterskaten kann, befreit und glücklich.

In der Eingangshalle der Schule sind keine Wegweiser. Deshalb bin ich froh, als Schüler mir anbieten, mich durch die kahlen Korridore mit ihren abweisenden Betonmauern zum Sekretariat zu führen. Dort stellen sie mich als neue Schülerin vor. Ich fühle mich gut aufgehoben.

Geschlossen

Es ist nach Einbruch der Dunkelheit. Eine Frau fährt auf den Parkplatz vor dem Hallenbad. Im Gebäude brennt kein Licht. Als sie sich bewusst wird, dass es geschlossen ist, ist sie tief enttäuscht.

»Das ist mir auch schon mal passiert«, sage ich, um sie zu trösten. Als sie losfahren will, ist einer ihrer Hinterreifen platt.

Ein Brief   23. April

C hat mir einen langen, handschriftlichen Brief geschrieben, der auch Dialoge enthält. Zwischen den Zeilen entnehme ich, dass sie Probleme hat und bedaure es zutiefst, dies nicht schon früher erkannt zu haben.

Mai bis August 2022

Eine Busfahrt

Irgendwo im Schwarzwald gehe ich mit C einen Waldweg hinunter, ihre kleine Hand in meiner. Wir müssen einen Bus erreichen, und ich fürchte, dass wir es nicht rechtzeitig zur Bushaltestelle schaffen, doch auf einmal können wir auf unseren Schuhen gleiten und legen den Rest der Strecke spielend leicht zurück.

Der Bus steht schon an der Haltestelle. Er wird gleich abfahren. Einige Leute steigen noch schnell ein. Als ich meinen Fuß auf das Trittbrett setzen will, gehen jedoch die Türen zu. Ich versuche mich noch hineinzudrücken und wundere mich, dass der Busfahrer mich überhaupt nicht beachtet sondern einfach losfährt. Dabei hänge ich außen an der Tür. Meine Hoffnung, er würde mich gleich sehen und noch einmal anhalten, erfüllt sich nicht. Trotz meiner Befürchtungen, mich bei einem Sturz auf die Straße zu verletzen, halte ich mich weiter fest, während wir über Land fahren. Ich bin erstaunt, dass meine Hände und Arme nicht unter extremer Anspannung stehen, auch wenn ich die Muskeln spüre. Trotzdem bin ich erleichtert, als wir auf ein Dorf zufahren. Dort muss auch die nächste Haltestelle sein.

In meinem Elternhaus in St. Georgen. Ich soll in Chemie, dann in Physik geprüft werden. Es klingelt. Als ich öffne, kommen Lehrerkolleg*innen herein und meine Chemie-Fachleiterin. Ich führe sie durchs Treppenhaus in den ersten Stock und lasse sie auf den Balkon hinausgehen, in der Erwartung, dass die Aussicht etwas Besonderes für sie sei. Am Balkongeländer ist ein Aufsatz aus Stangen angebracht, wie ein Gitter, und einige Kolleg*innen sind hochgeklettert und haben sich dort eingehängt. Eine junge Frau sitzt ganz oben auf der obersten Kante, lehnt sich lässig zurück und lässt die Beine baumeln. Ich bin entsetzt.

»Komm ein Stück runter, wo du einen besseren Halt hast«, sage ich ängstlich, aber sie lacht nur, räkelt sich genüsslich und bleibt dort oben. Ihre Haltung wirkt allerdings ein kleines bisschen weniger lässig.

Ich habe den Auftrag, ein paar Schüsseln und Gläser für den praktischen Teil der Chemieprüfung zusammenzusuchen, finde aber nur individuell geformte Einzelteile in verschiedenen Farben. Manche sind zu flach, noch dazu mit einem Boden, der sich zur Mitte hin nach oben wölbt. Es ist mir peinlich, keinen einheitlichen Satz von Gefäßen zur Verfügung stellen zu können.

Noch immer streife ich auf der Suche nach Material für die Prüfung durchs Haus. In einem ausgebauten Kellerraum sitzen eine Frau und ein Mann um einen Sofatisch. Sind es meine Prüfer? Sie beachten mich nicht. Es ist, als wäre ich unsichtbar.

Als ich vor die Haustür trete, treffe ich auf einen Jugendlichen, der mich vorwurfsvoll fragt, wo ich denn bleibe. Man erwarte mich, ich aber hänge herum und zögere es hinaus.

»Das ist normal. Das machen alle so«, erwidere ich und gehe zurück ins Haus, um mich der Prüfung zu stellen. In der Annahme, dass sie oben im Speicherraum stattfindet, bin ich entschlossen, davon abzuraten, mich dort mit dem Gasbrenner experimentieren zu lassen.

In der Bibliothek 15. Mai

Vor der Abfahrt sollen wir uns in einer Bibliothek Bücher ausleihen. Hintereinander gestaffelte Bänder auf dem Fußboden vor der Bücherausgabe zeigen an, in welchen Abständen man sich anstellen muss. In diesem Bereich muss man einen Mund-Nasen-Schutz aufsetzen. Zum Glück finde ich einen in der Hosentasche und ziehe ihn etwas umständlich über, indem ich die Brillenbügel anhebe und die Ohrschlingen darunter schiebe.

Vor mir in der Schlange stehen zwei ältere Leute, ein Paar. Der Mann hält einen Plastikrahmen mit einer Mittelstrebe zwischen den langen Seiten hoch. Die beiden amüsieren sich über eine Begebenheit, die sich gerade abspielte. Die Frau mittleren Alters mit rötlichen Haaren, die jetzt seitlich im Hintergrund steht, hatte dem Paar gratuliert. Sie küsste dabei den Mann, der ihr den Rahmen entgegenhielt, durch diesen hindurch auf den Mund. Der Mann und seine Partnerin biegen sich immer noch vor Lachen darüber.

»… ein peinliches Versehen«, keucht der Mann. Schließlich habe er den Rahmen doch nicht deswegen hingehalten. Mir sowie den anderen Umstehenden ist jedoch klar, dass die rothaarige Frau den Mann liebt.

Als ich an der Reihe bin, kommt heraus, dass zwei meiner Bücher Jugendbücher sind: Bibi Blocksberg-Bände, aber unter einem anderen Titel. Ich nehme meinen Mut zusammen, sage, dass ich sie versehentlich aus dem Regal genommen habe und gebe sie zurück.

Nun bleiben mir nur noch zwei Sprachübungshefte für Englisch, die aber Lerner weit unter dem Niveau meiner sehr guten Sprachkenntnisse als Zielgruppe haben und daher kein befriedigender Zeitvertreib sind. Im Vergleich zu den anderen Mitreisenden, die 4 oder 5 Bücher vor sich hertragen, bin ich nicht gut für die Reise ausgestattet. Ich kann ja auch etwas schreiben, wenn mir langweilig wird, denke ich.

Nun gehen wir zum Bus, der uns eine Strecke von etwa 20 km über Land bringen soll. Die Fahrgäste steigen nacheinander ein. Zwei Schüler lösen sich von der Gruppe. Sie gehen die Straße entlang in Fahrtrichtung und fallen dabei in Trab. Wollen sie wirklich die 20 km laufen? Oder rechnen sie damit, dass der Bus sie unterwegs einholt und wieder aufnimmt? Dann würden sie aber nicht weit kommen.

Ein neuer Anfang

Wir, H und ich, gehen auf eine Gruppe von Musikern zu, die ihre Instrumente auspacken. Er hat sie für sich entdeckt und ist optimistisch, dass sie gut zusammenarbeiten werden und dass er mit ihnen einen Neuanfang schaffen kann.

Inspektion 16. Mai

Auf der Suche nach etwas räume ich gleichzeitig ein bisschen in den Chemievorbereitungsräumen an der Schule auf und bringe meinen Materialwagen in Ordnung. Schritte und Stimmen kündigen eine wichtige hochrangige Vertreterin einer vorgesetzten Behörde an. Sie schlendert in Begleitung eines Mannes an mir vorbei. Ich meine, ihr etwas Wichtiges sagen zu müssen, übermittle ihr auch die Information, aber sie nickt mir nur unverbindlich zu und geht weiter.

Der Riss

Beim Eintreten in den Festsaal freue ich mich über mein schönes Kleid. Als ich an mir hinunterschaue, entdecke ich jedoch, dass der untere Volant sich teilweise vom Rock abgelöst hat. Ich versuche, den Schaden notdürftig zu beheben, indem ich ihn wieder über den Rock ziehe, befürchte aber, dass er wieder ganz hinunterrutscht und der Riss sichtbar bleibt.

Im Lauf des Abends bekomme ich mit, dass ein Elternpaar aufbricht, um ihr Kind im Teenageralter zu suchen. H sagt trocken:

»Es gibt nichts, was die Ehe mehr zusammenschweißt, als eine solche Aktion.«

»Ich bin so froh, dass es nicht J ist, die verschwunden ist«, entgegne ich erleichtert.

Geschichte   21. Mai

Eine große rechteckige Plakattafel, aufgestellt auf dem kurzen Ende, zeigt eine Folge historischer Epochen. Neben den Erläuterungen ragen plastisch ausgeformte Hundeköpfe aus der Tafel. Sie stehen für die Herrscher, die die jeweilige Epoche prägten und sehen alle gleich aus. Sie ähneln einem Labrador Retriever nur mit orangenen und roten Flecken.

Geburtstag 29. Mai

Im Winter an einem zugefrorenen See. Mein neuer junger Kollege ist dabei. Das Auto ist vollgeladen mit Sachen, so dass ich längere Zeit damit beschäftigt bin, meine Schlittschuhe herauszugraben und mich zum Schlittschuhlaufen bereit zu machen. Zwischendrin verliere ich fast den Mut. Endlich bin ich doch auf dem Eis, gleite sicher und elegant dahin. Mit der Zeit muss ich mir die Fläche mit immer mehr anderen teilen, was ein bisschen nervt, aber ich passe mich an die Umstände an.

Inzwischen habe ich mich zu einer Gruppe am Rand des Sees gesetzt. Da kommt mein Kollege und übergibt mir ein Wappen an einer Stange, das mich an die der Fahnenträger bei Festumzügen erinnert. Es hat die Form eines gitterförmig durchbrochenen Eis. Darin hängen Perlenstränge. Ich muss verwundert ausgesehen haben, denn jetzt ruft es von allen Seiten:

»Du hast doch heute Geburtstag!«

Ich strahle vor Freude.

Musik hören 30. Mai

Ich, etwa zwanzigjährig, ziehe mich um. Gerade bin ich dabei, meine Jeans hochzuziehen, als F hereinkommt. Mir ist peinlich, dass ich noch nicht ganz angezogen bin, und mein Gesicht läuft heiß an, als ich

mit Mühe den Knopf zumache und den Reißver-
schluss hochziehe. Zu meinem Erstaunen ist er ganz
freundlich, so dass meine Spannung etwas nachlässt.
Er fragt mich nach einer CD.

Als ich sie herausgesucht habe, schlägt er vor, sie
zusammen zu hören. Ist also alles wieder gut? Ich
hoffe inständig, dass er nicht die gefühligen Songs
wählt, die ich beim letzten Hören entdeckte, verwundert, dass sie auf dieser Scheibe waren.

Familienleben

Meine Freundin X sitzt mit ihren Eltern im Wohnzimmer. Sie schauen *Dallas*. Ich bin gerade hereingekom-
men und stehe neben dem Sofa, darauf wartend, dass
sie aufsteht und mit mir losgeht. Da streift etwas
meine Hüfte. Im Augenwinkel sehe ich, dass ihr Vater
den Arm über die Rückenlehne gelegt hat. Seine
Hand ist unangenehm nah. Unsicher, ob das absicht-
lich passiert ist, mache ich zwei Schritte zur Seite, außer Reichweite.

.

In einer Sommernacht im Wald

In einer dunklen Nacht gehe ich durch den Wald einen terrassenförmigen Abhang hinunter. Auf einem Vorsprung bleibe ich stehen. Als ich mich in der milden Sommernacht umschaue und die Gerüche und Geräusche aufnehme, höre ich ein lauteres Rascheln. Ich drehe mich zum Hang und sehe das schwarze, schmale Hinterteil eines Tieres aus einer Höhle herausragen, während es sich weiter hineingräbt. Ein Dachs. Ich gehe zurück den Abhang hoch zum nächsten Absatz. Dort erlebe ich noch einmal denselben Anblick. Ein zweiter Dachs. Heute Nacht sind die Dachse aktiv, denke ich.

Stromausfall   4. Juni

Während einer Fortbildung, bei der wir an Computern arbeiten, gehe ich hinaus vor die Schule zur Wegkreuzung Richtung Bahnhof. Dort hebe ich den versenkten Stromanschluss aus dem Boden und ziehe den Stecker, erkenne jedoch gleich darauf, dass ich damit wohl in der ganzen Schule den Strom abgestellt habe. Tief erschrocken steht mir vor Augen, was alles passiert sein könnte – die Bildschirme schwarz, die Arbeit weg.

Ich stecke schnell den Stecker wieder ein und hoffe, dass niemand die Unterbrechung bemerkt hat, dass der kurze Stromausfall irgendwie überbrückt wurde. Ob ich beichten muss? Ich habe Angst. Es nicht zu sagen, wäre nicht recht. Und außerdem, … wenn es dann trotzdem herauskäme? Ich gehe zurück mit dem Vorsatz, erst einmal auszuchecken, ob es eine Unterbrechung gegeben hat.

Spät dran   5. Juni

Ich muss zu einem Termin an der Schule aufbrechen, zu einer Fachsitzung vielleicht, korrigiere aber noch schnell eine Arbeit zu Ende und komme spät herein. Dabei spüre ich die fragenden, leicht genervten Blicke der Kolleginnen und Kollegen auf mir. Ich zeige der Sitzungsleiterin die korrigierte Arbeit, voller roter Unterstreichungen und Randbemerkungen und sage etwas über Fehler, die Schüler*innen immer wieder machen, zum Beispiel bei der Verwendung des *Present Progressive*.

Bei meinen Sitzungsunterlagen befindet sich noch ein anderes Blatt, mein Schreibprojekt. Allerdings fehlen in der oberen Hälfte der rechte und der linke Rand. Nur die Mitte ist übrig. Es sieht wenig beeindruckend aus, ein chaotisches Gekritzel, aber ich bin zuversichtlich, dass ich daran anknüpfen und etwas daraus machen kann.

Erfolgserlebnis

In Basel in der Nähe des Kunstmuseums werde ich von Touristen angesprochen. Sie fragen mich nach einer Ausstellung, in der bedeutende Kunstwerke von *Böll* gezeigt werden.[11] Sie sei ja auf zwei Museen verteilt. Enthusiastisch und eloquent empfehle ich die im Kunstmuseum ausgestellte Auswahl. Während die Gruppe in Richtung des Eingangs weitergeht, freue ich mich darüber, dass ich ihnen helfen konnte und bin stolz darauf, dass ich das notwendige Wissen besitze. Schließlich wende ich mich ab und gehe zu F zurück, der gleich um die Ecke in einer Nische auf mich wartet. Ich nähere mein Gesicht dem seinen an, stoße aber unglücklich mit ihm zusammen, und er rückt wie abgestoßen weg. Das wird das Ende unserer Beziehung sein, denke ich.

Johannisbeerkuchen   6. Juni

Dieser Johannisbeerkuchen sieht perfekt und sehr verführerisch aus. Am Rand ist der Deckel etwas aufgewölbt. Angeschnitten ist der Kuchen noch nicht, so dass man das Innere nicht sehen kann, aber ich habe es vor Augen. In meiner Vorstellung lasse ich das

---

[11] Der Künstler Böll ist eine reine Traumfigur.

Saure, Fruchtige der Beeren gemischt mit der süßen Schaumfüllung und dem krümeligen, festen, etwas nach Vanille schmeckenden Boden auf Zunge und Gaumen zergehen.

Nach dem Ski fahren

Nach dem Ski fahren erscheint A mit einem Christstollen auf einem Backblech, von dem er mit der Gabel Stücke absticht und isst. Dass er nicht warten kann, bis wir alle uns um den Tisch gesetzt haben!

Nun kommt Papa mühsam die Treppe hinauf. Er sieht krank aus.

»Ich habe seine Skier hergetragen«, sagt A.

Voller Schuldgefühle, weil mir nicht aufgefallen war, dass er Hilfe braucht, halte ich unseren Vater, während er sich zu Boden sinken lässt und unterstütze ihn dabei, sich sanft hinzulegen. Dann setze ich mich zu ihm. Als ich ihm über eine Wange streichle, rollt sein Kopf unkontrolliert nach hinten. Ich habe Angst, dass er stirbt. Aber er lächelt und sagt, es gehe ihm schon besser.

»Er hat sich nur überanstrengt«, vermutet A.

Jahrgangstreffen

Zuerst meine ich, ich sei auf einem Treffen meines Abschlussjahrgangs. Es ist das erste Mal, dass ich daran teilnehme.

»Du hast dir bisher nie die Mühe gemacht«, sagt einer von mehreren noch relativ jungen, kräftig gebauten Männern, denen ich gegenüber stehe. Ich gebe es zu und scanne ihre Gesichter, um die Teenager wieder zu erkennen, die sie damals waren. Die Erinnerung stellt sich jedoch nicht ein, auch wenn mir die Namen vertraut sind. Es ist, als wären sie verkleidet. Die Frauen tragen lange, weite Gewänder. Ihre Haare sind zu voluminösen Frisuren aufgetürmt. Sie wirken unnatürlich groß, als ob sie auf einem flachen Sockel stünden.

In der Menge fällt mir eine grauhaarige, sehr viel ältere, kleine und schlanke Frau auf. An ihrer Kleidung erkenne ich sofort, dass sie eine Pfarrerin sein muss. Also bin ich wohl auf einem Konfirmationsjubiläum. Warum sie wohl gekommen ist? frage ich mich, so frech wie einige der damaligen Konfirmanden waren. Diese Menschen bedeuten ihr wohl etwas. Sie gehört dazu.

Hinter den Umstehenden sehe ich jetzt tanzende Paare. Ich habe auch Lust zu tanzen und schaue mich nach einem möglichen Partner um. Dabei entdecke ich Mo, einen ehemaligen Mitschüler. Er sitzt allein auf einer Bank, ich ziehe ihn jedoch nicht in Betracht.

Obwohl er auf seine Art Charme hatte, fiel er als Unruhestifter auf und pflegte innerhalb und außerhalb der Schule in Schwierigkeiten zu sein.

Nun erkenne ich Bo, der sowohl charmant als auch kultiviert war. Aber als ich auf ihn zugehe, stellt sich mir eine Gruppe junger Männer in den Weg. Sie beginnen, mich anzupöbeln und zu bedrängen.

Inzwischen hat sich der Ort der Handlung verändert. Wir sind auf einem Spielplatz, und ich weiche meinen Angreifern aus, indem ich ein Klettergestell hinaufsteige. Dabei stoße ich ein paar Verfolger hinunter. Der letzte, ein relativ kleiner Mann, nach seiner Körpergröße fast noch ein Junge, konnte sich jedoch beim Fallen an meinem Bein festklammern. Panisch bemühe ich mich, ihn abzuschütteln. Vergeblich.

Blut

Ich nehme ein Zittern und Glucksen in meiner linken Brust wahr. Auf einmal sehe ich braune Flecken auf dem Teppich. Blutflecken, wird mir schlagartig klar. Woher kommen sie? Da merke ich, dass ich es bin, die blutet, dass das Blut an der Innenseite meiner Beine herunter läuft und in langsam einsickernden Klumpen auf dem Teppich liegen bleibt. Dabei bin ich doch längst in der Menopause. Heißt das, dass ich krank bin, todkrank? frage ich mich.

Jemand ist bei mir, eine Frau. Sie kümmert sich um mich, und ihre Stimme summt leise an meinem Ohr.

Das blau-weiße Buch 12. Juni

In der Eingangshalle eines zentralen Unigebäudes, wahrscheinlich in Konstanz. Irgendwie habe ich ein Buch im Din A4-Format mit einem blau-weißen Einband in die Hände bekommen, ein Begleitbuch zu einer Ausstellung, vielleicht, oder ein politisches Buch des ASTA. Ich blättere darin herum, lese ein paar Überschriften, dann vorne das Inhaltsverzeichnis, kann aber letztlich nichts damit anfangen. Nun schlägt sich das Buch selbst in der Mitte auf. Dort ist ein großes Küchenmesser eingelegt, außerdem noch ein anderer Gegenstand. Kunst, denke ich.

Ich möchte das Messer herausnehmen bevor ich das Buch wegwerfe, aber was, wenn jemand es bei mir entdeckt? Man könnte mich verdächtigen. So werfe ich das Buch mitsamt dem Messer in den Mülleimer. Dort steckt im blau-weißen Einband schon ein anderes Exemplar desselben Buchs.

Ich gehe weiter, den dunklen, breiten Korridor in Richtung Mensa entlang, kehre aber um, als mir bewusst wird, dass ich die Abzweigung, den Durchgang in der Wand, der aus dem Gebäude herausführt, verpasst habe. Diesmal fällt er mir sofort ins Auge.

Wie ich ihn nur übersehen konnte? Nun bin ich draußen und renne. Ich bin fit und leicht und fliege nur so dahin.

Das Findelkind

Ich finde ein Baby in einer Autoschale unter einem niedrigen Gestell, das Design ähnlich einem überdachten Fahrradständer. Eine Passantin bleibt stehen und beobachtet, wie ich mich zu dem Baby hinknie und es anspreche. Ich wende mich ihr zu und mache den Vorschlag, ein Formular auszufüllen, das wir als Hinweis für Vorübergehende oder die Angehörigen zu dem Kind legen könnten. Nun kommt eine Frau von einer zuständigen Behörde. Noch immer neben dem Baby kniend erkläre ich ihr, was wir machen wollen, und sie hört zu.

Als ich schließlich aufstehe, rollt einer meiner Ohrenstöpsel unter das niedrige Dach. Es ist jetzt so niedrig, dass ich nicht mehr darunter kriechen will. Ich schaue ihm noch einen Moment lang nach und wende mich dann bedauernd ab.

Die Frage   16. Juli

Bei einem Kollegiumsabend. Ich gehe an einem Tisch
vorbei Richtung Bühne. Herr A ruft mir im Vorbeige-
hen mit dröhnende Stimme zu:

»Und womit spritzen Sie Ihre Pflanzen?«

Ich setze keine Pflanzenschutzmittel ein, liegt mir
auf der Zunge. Die Krankheiten, die einen Obstbaum
befallen können, sind mir jedoch aus den Erfahrungen meiner Eltern bekannt. Die ehrliche Antwort
müsste aber sowieso lauten: »Ich habe gar keinen
Garten. Daher weiß ich nicht, was ich machen
würde.« Das kann ich unmöglich offen sagen. Also
tue ich so, als hätte ich die Frage nicht gehört und
gehe weiter zur Bühne.

Veränderung   20. Juli

Das Handy klingelt. Ich greife schnell danach, um den
Anruf nicht zu verpassen. Das Bild von C mit ihrem
Partner scheint auf, Köpfe aneinander gelehnt, glück-
liche Gesichter.

»Hallo C«, sage ich.

 Nach einer kurzen Pause bricht es wütend aus ihr
heraus:

»Wann wirst du es endlich akzeptieren!«, faucht sie
am anderen Ende der Leitung.

Was sie damit nur meint? frage ich mich betroffen.
Ach ja, Olive will sie jetzt heißen, erinnere ich mich

endlich, aber ich habe es nicht wirklich ernst genommen. Es scheint ihr doch sehr wichtig zu sein.

»Tut mir leid«, seufze ich voller Selbstvorwürfe und hoffe durch die entsprechende Modulation meiner Stimme mein schmerzliches Bedauern übermittelt zu haben.

Obwohl ich das Profilbild die ganze Zeit vor Augen hatte, fällt mir erst jetzt auf, dass C ihre Haare gefärbt haben muss. Flammend rot. Und kurz geschnitten. — Nein, hinten noch lang, aber vorne stufig. Ungewohnt, ja fremd, aber es sieht echt gut aus. Während sie weiterspricht, bemerke ich die dunklere Färbung ihrer Stimme.[12]

Kein Umweg

Es ist das letzte Stück einer Bergwanderung. J und ich sind beim Abstieg. Es geht leicht und so schnell, dass ich die Umgebung kaum in mich aufnehmen kann. Die Felsformationen am Weg erinnern mich daran, dass sich auf einem benachbarten Hügel Skulpturen aus der Steinzeit befinden. Echt sehenswert. Neulich war ich schon einmal dort gewesen. Aber J möchte

---

[12] Am Tag davor sah ich mir das Video *Salt coast, foul wind* an, in dem Kate Tempest als Kae Tempest auftritt.

den Abstecher nicht machen. Ich verspüre einen Anflug von Enttäuschung, versuche aber nicht, sie um-
zustimmen. So setzen wir unseren Weg fort.[13]

Die Modelleisenbahn

Ich stehe am Kopf der Treppe im Haus meines Bru-
ders W und schaue mich auf dem ausgebauten Dachboden um. Der ganze Fußboden ist mit einer Modell-
eisenbahn belegt. Bei genauerem Hinsehen erkenne
ich zwei verschiedene, große Rundstrecken, die
durch eine Landschaft voneinander abgegrenzt sind.
Entgegen meiner Erwartung kann man sich dort nir-
gends gemütlich hinsetzen.

Die Pflanze   30. Juli

Eine palmenartige Pflanze steht in der Mitte meines
Zimmers, ein ausgebautes Dachgeschoss in einem
Einfamilienhaus. Der Stamm ist gerade gewachsen

---

[13] Der mögliche Bezugspunkt sind die Skulpturen aus
Mammutelfenbein der Höhlenmenschen auf der Schwäbi-
schen Alb von vor etwa 40000 Jahren. Sie sind in Museen
in Blaubeuren, Tübingen und Ulm ausgestellt.

und die Äste ragen mit ihren Wedeln bis in die Hohlräume zwischen den Dachbalken. Als sie noch klein war, brachte ich sie aus der Schule mit. Könnte man mir vorwerfen, sie gestohlen zu haben? Mir ist unbehaglich bei dem Gedanken. Jetzt hat sie sich so in diesem Raum ausgebreitet, dass sie perfekt hineinpasst. Es wäre gar nicht möglich, sie unbeschadet hinauszutragen.

Gefahr

An einem Berghang. Ein jüngerer Mann, T, und ich halten uns im oberen Lager auf. Ein Fest ist geplant, und wir sollen mit dem Auto vorbereitete Gerichte für ein Buffet aus dem unteren Lager heraufholen. Ich nutze die Gelegenheit, mir dort eine lange Hose und ein Sweatshirt anzuziehen, denn es ist Abend und die Luft kühlt schnell ab.

Auf einmal ist Fliegeralarm, nicht laut, aber rote Lämpchen blinken auf. Ich kann es kaum glauben. Eine Drohne surrt auf das Lager zu.

Ein Mann fährt in einem Auto vor. Er lehnt sich aus dem Fenster und spricht mit T über eine Studie, die er veröffentlicht hat. T sagt, dass er sich damit identifizieren kann, denn sie ist aus … – er sucht nach Worten – recyceltem Papier, nachhaltig.

Trotz des unerwartet freundlichen Gesprächs liegt eine Atmosphäre der Bedrohung über dieser Szene. Ich habe Angst, dass der Mann T verhaften wird.

Zurückgelassen   3. August

H und ich wohnen bei einer Familie in einem Dorf in einem engen, von steilen Hängen umgebenen Schwarzwaldtal. Die Wolken hängen tief, und es liegt kein Schnee. Es ist dunkel wie manchmal im Winter. H wird eingeladen, mit ins Skigebiet hochzufahren, aber ich soll zurückbleiben, da nicht genügend Platz im Auto ist.

Ich möchte auch Ski fahren. Wehmütig schaue ich aus dem Fenster und überlege, wie ich doch noch in die Berge kommen könnte. Es müsste doch einen Bus vom Ortszentrum nach Falkau geben.

Die Zecke   5. August

Es ist Sommer. Ich sitze auf einer Treppe irgendwo draußen und spüre ein Jucken am Bauch. Als ich nachschaue, entdecke ich einen schwarzen Punkt an einer Hautfalte. Es ist eine riesige Zecke, angeschwollen mit meinem Blut. Ich bin mir bewusst, dass ich sie fachmännisch herausdrehen muss. Hoffentlich wird das Blut nicht überall herumspritzen, wenn ich die Pinzette ansetze?

Abrechnung

Ich zähle Geld auf die Arbeitsfläche der Lehrerküche. Der stellvertretende Schulleiter beobachtet mich dabei, wie ich zuerst 20-Cent-Münzen, dann 5-Cent-Münzen aufstaple. Als der erforderliche Betrag erreicht ist, segnet er das Ergebnis durch mehrfaches, würdevolles Nicken ab.

Ein Unfall   15. August 2022

Ich bin in der Küche meines Elternhauses, als ich einen Schlag höre, das aufeinander Knallen und Knirschen von sich zusammenfaltendem Blech. Ich schaue aus dem Fenster, und mir zieht sich das Herz zusammen, denn mein Vater kniet auf der Straße auf allen Vieren. Sein Gesicht ist vor Schmerz verzerrt. Ich habe Angst um ihn.

Krokodile 21. August

Ich stehe auf einer Brücke und schaue über einen Fluss. Mein Blick fällt auf den schuppigen Körper, wandert zum Schwanz und dann zum Kopf, den Lidkappen und der sich um spitze Zähne schließenden Schnauze des reglos im Wasser schwebenden Krokodils. Ich kann es kaum glauben, erinnere mich nun aber, dass ich schon von einem Krokodil hier gehört habe. Es hieß jedoch, es sei harmlos. Wirklich?

Jetzt sehe ich hinter dem Krokodil eine Reihe weiterer, ähnlich riesiger Artgenossen, mit großen, unterschiedlich geformten Schuppen, wie Panzerplatten beim einen, wie Ringe aus Eisenblech beim anderen. Sie sind festgemacht wie Boote. Das beruhigt mich, denn C ist dort unten, in der Nähe.

Aber nun steigt das erste Krokodil ans Ufer. Ich rufe ihr zu, auf keinen Fall weg zu rennen und bewundere sie, als sie beginnt, sich langsam zur Seite zu bewegen, weg aus dem Blickwinkel des Krokodils. Dann geht sie schneller, so dass ich befürchte, das Krokodil werde sie verfolgen. Die Flucht scheint jedoch zu gelingen. Was für ein Glück!

Das Bücherregal   15. August

Ich stehe in einem Kinderzimmer, vor einem hohen
Bücherregal, das die ganze Breite der Wand einnimmt. Einige Bücher kommen mir bekannt vor. Es
sind Jugendklassiker und Romane für junge Erwachsene. Wertvolle Lektüren. Außerdem stehen dort
Bildbände und Reihen von Serien.

»Da hast du schon eine richtige Bibliothek«, sage
ich zu dem Mädchen im Teenageralter neben mir und
rate ihr, sich Bücher aus der Stadtbücherei zu leihen,
um erst einmal herauszufinden, ob sie die Autorin
mag oder ob es sich lohnt, eine Serie nach dem ersten
Band weiter zu verfolgen.

Auf einem Bauernhof

Ich bin mit dem Fahrrad zu einem Bauernhof gefah-
ren, in der Absicht dort zu helfen. Der junge Land-
wirt, den ich vor dem Wohngebäude antreffe, sagt
mir, es gäbe nichts zu tun. Sie haben wohl die Ernte
schon hinter sich, denke ich.

Nun passiert aber doch noch etwas. Eine Gruppe
von Menschen, Angestellte vielleicht, versammelt
sich vor einem der Wirtschaftsgebäude um den Land-
wirt und seine Frau. Er beginnt, aus einem schmalen
Buch vorzulesen, wie aus einer heiligen Schrift. Ich

frage mich, ob es mein Essayband T*rotzdem Frei Blei-ben* ist, aber es ist noch dünner und hat einen anderen Umschlag. Seine Tochter hat es geschrieben, erfahre ich später. Nach meinem Vorbild, fährt es mir durch den Kopf.

Nachwort

Warum an dieser Stelle aufhören? In sechzehn Monaten habe ich 137 Träume gesammelt. Wie diese Primzahl andeutet, wurde der Schlusspunkt tatsächlich beliebig gesetzt. Jedoch können meine Traumerzählungen in ihrer Vielfalt durchaus Einblicke in die Arbeit eines menschlichen Bewusstseins geben. Sie gehen von den verschiedensten Alltagssituationen aus, handeln von Beziehungen mit unterschiedlichen Menschen und thematisieren zentrale Themen der menschlichen Erfahrung. Beim Korrekturlesen musste ich manchmal unwillkürlich lächeln. Es wäre für mich ein Kompliment, wenn es einigen Lesenden auch so ginge.